GOLDMANN

Buch:

Es ist Halloween, irgendwo im düsteren Herzen einer großen Stadt. Wie alle Jahre wieder ist für die Gang des sadistischen Top Dollar die Nacht des Teufels angesagt. Es wird eine Nacht der Gewalt: der lodernden Feuer, des satanischen Rocks in den Szeneschuppen der Stadt und der tausend Schreie der Angst, die ungehört in den endlosen Straßenfluchten der Metropole verhallen.
In dieser Nacht wird die junge Shelly Webster von ein paar besonders harten Burschen aus Top Dollars Gang brutal überfallen und mißbraucht. Verzweifelt versucht ihr Freund, der Rockmusiker Eric Draven, ihr zu Hilfe zu kommen. Doch gegen die Übermacht der kaltblütigen Meute hat er keine Chance. Er wird von ihnen genauso ermordet wie seine Verlobte Shelly.
Exakt ein Jahr später erwacht Eric auf unerklärliche Weise zu neuem Leben. Er hat nur eines im Sinn: Rache. Begleitet von einer schwarzen Krähe mit magischen Kräften, macht er sich auf die Suche nach den Mördern seiner Geliebten. Und er kennt kein Pardon.
»The Crow – Die Krähe« ist der Roman zum Kultfilm von Alex Proyas. Der Film entstand nach Motiven der gleichnamigen populären Comic-Serie von James O'Barr. Die Rolle des Eric Draven spielt Brandon Lee, der Sohn der Karate-Legende Bruce Lee. Es wurde sein letzter Film: Brandon Lee kam bei den Dreharbeiten auf tragische Weise ums Leben; er wurde unter mysteriösen Umständen auf dem Set erschossen. Nach seinem Tod äußerten Brandon Lees Mutter und seine Verlobte beide den Wunsch, daß »Die Krähe« fertiggedreht wurde. Das Resultat ist ein Film von magischer Kraft mit faszinierenden Kampfszenen und einer ganz eigenen Aura: das Testament eines außergewöhnlichen Talents.

Kenneth Roycroft

The Crow
Die Krähe

Roman

Nach der Comic-Geschichte von James O'Barr
und dem Drehbuch
von David J. Schow und John Shirley

GOLDMANN VERLAG

Originalausgabe

Umwelthinweis:
Alle bedruckten Materialien dieses Taschenbuches
sind chlorfrei und umweltschonend.
Das Papier enthält Recycling-Anteile

Der Goldmann Verlag
ist ein Unternehmen der Verlagsgruppe Bertelsmann

Umschlaggestaltung: Design Team München
Umschlagfoto und Bildteil: Robert Zuckerman
Belichtung: Compusatz, München
Druck: Presse-Druck Augsburg
Verlagsnummer: 42967
Redaktion: Tina Schreck
GR · Herstellung: Sebastian Strohmaier
Made in Germany
ISBN 3-442-42967-6

1 3 5 7 9 10 8 6 4 2

Prolog

»Nachtprophet, erzeugt vom Zweifel, seist du Vogel oder Teufel, triumphierend ob der Sünder Zähneklappern und Gewimmer, Hier, aus dieser dürren Wüste, dieser Stätte geiler Lüste, Hoffnungslos, doch ungebrochen, und noch rein und unbestochen, Frag ich dich, du Schicksalskünder:

Ist in Gilead Balsam?«

»Nimmer!« krächzte da der Rabe, »nimmer!«

Aus: Edgar Allan Poe, *The Raven*

Früher einmal glaubte man, wenn jemand stirbt, dann wird seine Seele von einer Krähe ins Reich der Toten begleitet. Aber manchmal, nur manchmal, wenn es etwas gutzumachen gilt, bringt die Krähe die Seele zurück . . .

1

Das Grauen

Die Stadt brüllte ihren Schmerz in die Nacht hinaus. Gellende Polizeisirenen erhoben sich wie klagende Stimmen aus der Finsternis der Straßenschluchten. Rauchgeschwärzt, mit leeren Fensterhöhlen, ragten die Mauern der Ruinen auf. Die Stadt führte Krieg gegen sich selbst, und unter den Menschen, die hier lebten, geriet die Sehnsucht nach Frieden zum wirklichkeitsfernen Ideal einer Minderheit, die mit dem Rücken an der Wand stand.

Denn das Verbrechen und die Lust an der Gewalt hatten längst die Oberhand gewonnen. Sobald es dunkel wurde, kämpfte die Polizei auf verlorenem Posten. Familien verbarrikadierten sich in ihren Häusern und Wohnungen. Wer nicht rechtzeitig fortgezogen war, wer das Pech hatte, in einem jener verwahrlosten Viertel zu leben, die immer mehr in Schutt und Asche fielen, der mußte jede Nacht damit rechnen, daß ihm das Dach über dem Kopf angezündet wurde.

Die Zahl der Morde, Vergewaltigungen, Raubüberfälle und Brandstiftungen sprengte alle Statistiken. Die Cops der Metropolitan Police schafften es nicht einmal mehr, die Verbrechensstatistiken auf dem laufenden zu halten. In der Praxis sah es nicht besser aus. Brandstiftungen etwa konnten nur noch registriert werden; an Spurensicherung war überhaupt nicht mehr zu denken.

Furcht nistete wie ein Ungeheuer in den verfallenden

Häuserzeilen. In den Straßen und Hinterhöfen, die einst von nachbarschaftlichem Leben erfüllt gewesen waren, verbreiteten Dreck und Unrat einen bestialischen Gestank. Ungeziefer vermehrte sich explosionsartig; Heerscharen von Ratten eroberten die Kanalisation.

Die Stadt glich einer Pestbeule, die sich von Tag zu Tag vergrößerte, ihr Verfall war nicht mehr aufzuhalten.

Feuer loderten auch in dieser Nacht; aus dem apokalyptischen Häusermeer stiegen Flammen und Rauch als unheilvolle Fanale empor. Das blutige Rot des züngelnden Scheins erdrückte die wenigen Lichter, die noch von der Häuslichkeit der Menschen zeugten, von ihrem Wunsch nach Geborgenheit und dem Schutz der eigenen vier Wände.

Solche Werte gingen mehr und mehr verloren, hier, in Detroit City, Michigan. Nichts galt mehr. Nichts von allem, was einmal wertvoll und wichtig gewesen war. Das Gesetz existierte nur noch auf dem Papier. Nur noch die Älteren vermochten sich an die Zeiten zu erinnern, in denen Recht und Ordnung gegolten hatten.

Das Bewußtsein für das Maß der Dinge war verlorengegangen.

Ein anderes Bewußtsein erwachte jedoch, jenseits aller Dimensionen menschlichen Denkens – dazu ausersehen, schreiendes Unrecht zu bekämpfen.

Es geschah an diesem Abend des 30. Oktober.

In dieser Nacht, die sie schon lange »Devil's Night« nannten, die Nacht des Teufels.

Der Totenvogel vernahm den Ruf.

Er erhob sich aus seiner Schar, die in der Einsamkeit des weiten Landes lebte, und er machte sich allein auf den Weg. Auf seinen mächtigen Schwingen glitt er der Stadt entgegen. Wie ein brennender Scheiterhaufen erschien die Stadt am nächtlichen Horizont. Aus dem geistigen Erbe ihres Seins erwachte die Erinnerung der Krähe und verwob sich mit dem Jetzt.

Ihr Ziel war die Seele, zu der sie gehörte.

Die Seele eines Menschen – dem Tod geweiht.

Eine Seele, der furchtbares Unrecht geschah. Die das Grauen durchlebte in diesen letzten qualvollen Minuten ihrer Anwesenheit in der körperlichen Welt.

Die Krähe spürte den Schmerz des Menschen, der ihr anvertraut war, und sie beschleunigte ihren Flügelschlag. Sie spürte den Schmerz aller Menschen, die unter ähnlichen Qualen gestorben waren.

Die Erinnerung an Scheiterhaufen und Folter erfüllte das Bewußtsein der Krähe, die Erinnerung an den blitzenden Stahl tödlicher Klingen und an die vernichtende Gewalt von Geschossen aus Eisen und Blei.

Immer näher kam der Totenvogel der Stadt, die sich in eine von Menschen gemachte Hölle verwandelt hatte. Immer deutlicher spürte er das Leid, das dort zugefügt wurde, und er spürte die abgrundtiefe Verachtung, die das Böse für die zarte Blüte menschlicher Liebe empfand.

Das Böse war zu stark geworden.

Es mußte in seine Schranken gewiesen werden.

So war es schon oft gewesen auf dieser Welt. Das Wissen der Krähe war unermeßlich, in Urzeiten geboren. Niemals war ihrer Spezies etwas entgangen, denn es gab keinen Ort auf der Welt, an dem sie nicht lebte und fühlte. Die Krähe hatte schon immer dort gelebt, wo menschliche Seelen lebten; sie war den Menschen mehr verbunden als jedes andere Tier. Und sie wußte, daß Grausamkeit und Brutalität die Stadt regierten. Die Entfesselung des Bösen erreichte an diesem Abend des 30. Oktober in Detroit im Bundesstaat Michigan, USA, ihren Höhepunkt. Dort, wo das einstige Land der unbegrenzten Möglichkeiten und des in Erfüllung gegangenen amerikanischen Traums zu einem furchterregenden Abbild seiner selbst geworden war.

In dieser Stadt des Grauens ließen sie Halloween in ihrer neugeschaffenen »Nacht des Teufels« untergehen.

Die Krähe wußte um die Angst der Menschen, die schon in grauer Vorzeit das keltische Fest der Toten gefeiert hatten. Jene Angst lebte fort in den Bräuchen von Halloween, die, obgleich fröhlicher Natur, eigentlich in der Abwehr böser Geister und des Teufels wurzelten. Der Teufel persönlich mußte das Böse in dieser sterbenden Stadt dazu gebracht haben, Halloween in sein Gegenteil zu verkehren – in die ihm gewidmete Nacht.

Der Rabenvogel nahm all das in sich auf, und er spürte, daß eine Aufgabe vor ihm lag, die seine Kraft und seine Intelligenz auf eine harte Probe stellen würde. Doch er fühlte sich dieser Aufgabe gewachsen, denn es gab nichts Wichtigeres für ihn, da er bereits lange allein lebte. Nach dem Tod seiner Partnerin, nach den vielen Jahren der Gemeinsamkeit, hatte er sich für das Alleinsein entschieden.

Darin war er der ihm anvertrauten Seele des Mannes ähnlich, der vor seinem Tod so grauenvolle Qualen erlitt. Auch die Empfindungen der Frau, die ihn über alles liebte, erreichten das Bewußtsein des Totenvogels. Und während seine Schwingen flach über die ersten Dächer der Stadt strichen, ließ er das kleine Mädchen sprechen.

Sarah, die nun schon bald gänzlich allein sein würde. Sarah, die weiterleben mußte.

»Die Leute glaubten einst fest daran, daß, wenn jemand stirbt, eine Krähe kommt und seine Seele in das Land der Toten bringt.

Aber manchmal passiert etwas so Schlimmes, daß eine schreckliche Traurigkeit mit auf den Weg geht und die Seele keine Ruhe finden kann.

Manchmal, nur manchmal ist die Krähe dann in der Lage, jene Seele zurückzubringen, damit sie das Unrecht, das ihr zugefügt wurde, sühnen kann.«

Die Krähe wußte, wie groß die Trauer des kleinen Mädchens sein würde. Aber auf Sarah kam eine bedeutende Aufgabe zu. Sie ahnte nichts davon, und sie würde es vielleicht nie vollständig begreifen. Doch die Krähe wußte, daß Sarah dazu ausersehen war, den Menschen das Gute neu vor Augen zu führen.

Mit zielsicherem, scharfem Blick fand die Krähe den Ort des Grauens. Sie war rechtzeitig zur Stelle, um die ihr anvertraute Seele ins Totenreich zu geleiten.

* * *

Grelle Lichtkegel von Suchscheinwerfern stachen aus der Schwärze des Nachthimmels herab, strichen über Ruinen und bewohnte Häuser, fraßen sich durch Straßenzüge, Einfahrten und Hinterhöfe. Das Rotoren- und Turbinengeräusch der Hubschrauber erfüllte die Luft mit einem tiefen, vibrierenden Wummern, doch die Maschinen selbst blieben hinter ihren gleißenden Suchscheinwerfern unsichtbar.

Jedesmal, wenn einer der Scheinwerferkegel durch Feuer und Rauch strich, sah es aus, als würde der dazugehörige Hubschrauber von den Flammen verschlungen werden.

Polizeiautos und Ambulanzwagen waren vor einem großen, düsteren Gebäude zum Stehen gekommen. Das kreisende Rotlicht der Einsatzfahrzeuge huschte über die mit Graffiti und Ruß bedeckten alten Backsteinwände. Die Fenster im Erdgeschoß und im ersten Stock waren mit Brettern zugenagelt. Es war eines der gewaltigen Gebäude aus der Zeit der Jahrhundertwende, aus vier Trakten bestehend, die zusammen ein Rechteck bildeten, das einen Innenhof umschloß. Türme und Zinnen krönten das Dach und gaben dem Bauwerk etwas von einer Burg und einer Kathedrale zugleich.

Doch niemand vermochte hier noch Schutz zu finden, und diejenigen, die in einem der fast leeren Stockwerke Zuflucht gesucht hatten, waren sich von vornherein über das Risiko im klaren gewesen. Gefahr gehörte zum alltäglichen Leben. Wer das nicht wahrhaben wollte oder von seiner eigenen Unverletzlichkeit überzeugt war, der zahlte einen hohen Preis. Die Banden, die das Viertel kontrollierten, gaben nicht eher Ruhe, bis eine halbe Ruine eine ganze Ruine war. Sie nutzten jede sich noch bietende Gelegenheit, ihre Gier zu befriedigen.

Die Gier nach Beute.

Die Gier nach Blut.

Die Gier nach Sex.

Doch die Zahl der Opfer wurde geringer. Ausgebrannte Gebäude wurden nicht erneuert, geplünderte Wohnungen blieben leer, weil niemand das gleiche Schicksal erleiden wollte wie die letzten Bewohner: Folterung, Vergewaltigung, Mord. Auf diese Weise wurde das Zentrum entvölkert, und der Terror des Bösen griff auf die angrenzenden Viertel über. Der Verfall der städtischen Kultur, der Rückfall in die Barbarei, lange angekündigt – hier waren sie Wirklichkeit geworden. Die Pestbeule vergiftete Detroit. Langsam, aber sicher.

Aus der Höhe des sechsten Stockwerks, unter dem Dach, starrte Sergeant Albrecht auf die Straße hinunter. Die große Wohnung hinter ihm war erfüllt von Stimmengewirr und geschäftigem Tun. Die Männer der Crime Scene Unit, des Tatortkommandos, das Albrecht leitete, erledigten ihre Arbeit so zügig wie möglich.

Albrecht war ein hochgewachsener, athletisch gebauter Schwarzer von fünfunddreißig Jahren. Er trug die Uniform der Metropolitan Police. Erst seit kurzem trug er sie wieder, und er hatte sich noch nicht ganz daran gewöhnt. Zu lange hatte er der Detective Division angehört, der Kriminalabteilung der städtischen Polizei. Dort trug man Zivil, und man fühlte sich den uniformierten Cops überlegen, hielt sich für was Besseres. Eindeutig. Denn für die Dreckarbeit hatte man die Jungs in Uniform.

Albrecht füllte den Rahmen des kreisrunden Fensters, das zum Turmzimmer gehörte vollends. Die Scheiben einschließlich der Sprossen waren unter dem Anprall des Mannes herausgebrochen.

Er mußte sofort tot gewesen sein.

Albrecht sah ihn dort unten, in seinem Blut, mit zerschmetterten Gliedern, auf den Betonplatten des Vorplatzes. Um den Toten herum entfaltete sich das aufgeregte Gewimmel, das alle Tatortkommandos dieser Welt verursachten.

Streifen von Rotlicht strichen wie Geisterfinger über den leblosen, unnatürlich verkrümmten Körper. Die weißgekleideten Helfer des Notarztes standen ratlos neben der Trage, am Rand der fast schwarz glänzenden Blutlache. Der Arzt, neben dem Toten kniend, richtete sich auf, machte eine resignierende Geste.

Uniformierte Cops errichteten Barrieren, zogen Trassierband zum Abgrenzen der Einsatzzone, in der die Spurensicherer aktiv werden würden. Hinter den Barrieren versammelten sich Schaulustige. Beamte in Zivil waren noch nicht da. Die Kriminalabteilung ließ sich Zeit. Albrecht hatte es genauso gemacht. Solange man nicht am Tatort war, konnte man nichts verpfuschen. Und *wenn* etwas verpfuscht wurde, dann schob man es denen in die Schuhe, die dagewesen *waren*. Einfache Sache.

Albrechts Gesicht war wie gemeißelt. Der Widerschein

der Feuer und der Rotlichter erzeugte tiefschwarze Schattenlinien im dunklen Bronzeton seiner Gesichtshaut.

Niemals würde er abstumpfen.

Niemals.

Unzählige Male war er dem Tod begegnet. Jedesmal hatte er geglaubt, es verkraften zu können. Aber das war ein Irrtum.

Einen Menschen zu sehen, dem das Leben durch Gewalt genommen worden war, war für Albrecht immer noch ein grausiges Erlebnis. Für die Dauer des Einsatzes behielt er die Nerven, blieb er äußerlich ruhig, tat seine Pflicht und achtete darauf, daß ihm kein Fehler unterlief – nichts, was ihm die lieben Kollegen in Zivil in die Schuhe schieben konnten. All diese notwendigen Handgriffe, Anweisungen und Befehle lenkten ihn von dem Grauen ab, hinderten ihn daran, sich vorzustellen, *wie* das Entsetzliche geschehen war.

Erst später, allein in seinem Dienstzimmer oder zu Hause, stellte sich der wirkliche Schock ein. Dann zitterten seine Hände so sehr, daß er die Kaffeetasse nicht halten konnte. Dann brachte ihn die Übelkeit fast um, und ihm war, als würde sich der Magen in den Hals hochstülpen. In solchen Momenten erkannte er sein Spiegelbild nicht wieder, so elend sah er aus. Nur ein einziges Mal in seinem Leben war es ihm noch um ein Vielfaches schlechter gegangen – damals, als er, zwölf Jahre alt, vom Basketballspielen nach Hause gekommen war. Schon von weitem hatte er die verzweifelten Schreie seiner Mutter gehört. Als er nach Hause kam, saß sie schluchzend und wimmernd im Wohnzimmer des Reihenhauses auf dem Sofa und hämmerte mit den Fäusten auf die Polster.

Starr vor Entsetzen hatte er seinen Vater im Sessel sitzen gesehen, regungslos und mit wachsbleichem Gesicht. Er hatte in dem Augenblick nicht gewußt, daß das der Anblick des Todes war. Er hatte sich überhaupt nicht vorstellen können, daß sein großer, starker Vater an so einer profanen Sache wie einem Herzschlag sterben würde.

Von jenem Schock von damals hatte er sich bis heute nicht erholt. Er besuchte seine Mutter jeden Tag in seiner freien Zeit. Schon als Junge hatte er ihr geholfen, mit dem Weiterleben fertig zu werden. Und weil er Polizist geworden war, hatte er nie geheiratet. Denn die Wahrscheinlichkeit, daß es seiner Ehefrau so ergehen würde wie seiner Mutter, war ja hundertmal größer.

Das grelle Zucken von Elektronenblitzen kam näher, traf seinen Rücken und machte die Wand rechts von dem zerborstenen Fenster zu kalkigen Momentaufnahmen. Albrecht drehte sich um. Der Polizei-Fotograf richtete seine Kamera auf alle Einzelheiten des vom Kampf verwüsteten Raumes. Spurensicherer suchten nach Verwertbarem, füllten Plastikbeutel um Plastikbeutel mit einzelnen Zigarettenkippen und Patronenhülsen.

Albrecht klopfte dem Fotografen auf die Schulter, nickte den anderen Männern zu.

Mit müden Schritten durchquerte er das Zimmer. Alles, was hier zu tun war, wurde getan. Doch dieser Hektik und Betriebsamkeit haftete der Makel der Nutzlosigkeit an. Polizeiliche Ermittlungen waren heutzutage das Geld nicht mehr wert, das im Pleitehaushalt der Stadt dafür eingeplant war. Das mehr oder weniger organisierte Verbrechen hatte die besseren Karten. Albrecht wußte, daß er auf hoffnungslos verlorenem Posten kämpfte. Manchmal fragte er sich, was er eigentlich sein wollte.

Der letzte Cop, der von seinem Job überzeugt war?

Ein Fels in der Brandung des Unrechts?

Ein Kämpfer für das Gute?

Dafür, daß er seine Vorstellungen zu verwirklichen suchte, hatten sie ihm bislang nur Knüppel zwischen die Beine geworfen. Und aus der Kriminalabteilung war er zurückversetzt worden, weil er einem Burschen aus dem Stadtrat zu neugierig geworden war.

Diese Politstrolche, die ihr kommunales Ehrenamt mißbrauchten, um sich selbst eine goldene Nase zu verdienen, hatten die besseren Verbindungen. Schmieren und geschmiert werden, lautete das ungeschriebene Gesetz derer, die an den Schalthebeln der Macht saßen. Albrecht hatte lernen müssen, daß ein ehrlicher Kriminalbeamter dagegen nicht ankam.

Also trug er wieder Uniform. Und es gab Kollegen, die ihm am liebsten auch noch den Sergeants-Winkel weggenommen hätten. Yeah, diese netten Zeitgenossen würden sich die Hände reiben, wenn sie ihn als einfachen Cop auf Streife durch die Straßen ziehen lassen könnten. Aber bevor das geschah, würde er sich den einen oder anderen von diesen Typen greifen. Es gab ja mittlerweile eine Menge dunkle Winkel in der Stadt, bestens geeignet, einem Schweinehund den Arsch aufzureißen. Ohne Zeugen.

Albrecht ließ seinen Blick über die Wohnungseinrichtung gleiten. Nicht alles war zertrümmert. Es schien widersinnig, daß gerade besonders zerbrechliche Dinge heil geblieben waren. So das imitierte Skelett, das neben der Tür hing. Es war für Halloween dekoriert worden. Dazu gehörte auch der »Jack O'Lantern«, der auf dem Tisch stand, ein ausgehöhlter Kürbis, mit Öffnungen für Augen, Nase und Mund versehen, der später mit einer brennenden Kerze darin zu einer schaurig-lustigen Laterne hätte werden sollen.

Die »Nacht des Teufels« hatte Halloween vereitelt.

Sergeant Albrecht wanderte weiter. Vor einem Stereo-Rack blieb er stehen. In den Regalfächern neben den Geräten lagerten Hunderte von LPs, Kassetten und CDs. Auf einem freien Stück Wandfläche klebte das Poster einer Rockband mit einem Veranstaltungshinweis. Der Name der Band veranlaßte Albrecht, die Mundwinkel nach unten zu ziehen und mißbilligend den Kopf zu schütteln.

HANGMAN'S JOKE

Der Witz des Henkers? Was sollte daran witzig sein? Oder gar originell?

Unter dem Veranstaltungshinweis befand sich ein Foto der Band mit dem Sänger in der Mitte. Ein verteufelt gut aussehender Typ. Dunkelhaarig. Cool. Er sah aus wie ein Junge mit Zukunft.

Der Sänger hieß Eric Draven.

Und seine Zukunft war ihm soeben geraubt worden.

Er lag mit zerschmetterten Gliedern in der Kälte der Nacht, und er würde nie wieder eine Gitarre in die Hand nehmen oder mit seiner Stimme die Girls in Verzückung bringen.

Nie wieder.

In einem der Regale stand ein gerahmtes Foto. Albrecht nahm es heraus und betrachtete es. Die Frau auf dem Foto war jung, und sie wollte sich ausschütten vor Lachen, offenbar über die Witze, die beim Fotografieren gemacht wurden. Sie war eine schöne Frau mit einem unglaublich sanften Gesicht und so viel Warmherzigkeit in den Augen, wie Albrecht es selten gesehen hatte.

Die Frau war Shelly Webster.

Es fiel schwer, sich vorzustellen, daß sie wirklich einmal so ausgesehen hatte wie auf dem Foto. Es fiel Albrecht schwer, weil er sie vorher nebenan im Schlafzimmer gesehen hatte – oder besser, das, was die Schweine aus ihr gemacht hatten. Kälte rann durch Albrechts Adern; er zwang sich, nicht zu erschauern.

Er stellte den Bilderrahmen weg. Als er den Blick senkte,

bemerkte er vor seiner Schuhspitze eine kleine, zerbrochene Porzellanstatue. Es war noch zu erkennen, daß die Statue eine Krähe dargestellt hatte. Albrecht schob sie mit dem Schuh beiseite, um an den Zettel heranzukommen, der ebenfalls auf dem Fußboden lag. Er hob den Zettel auf, und seine Kehle war plötzlich wie zugeschnürt.

Der Zettel war eine gedruckte Einladung, hübsch gestaltet, mit bunten Grafiken.

Eine Einladung zur Hochzeit von Shelly Webster und Eric Draven.

»O Gott!« stöhnte Albrecht lautlos. Es kostete ihn Mühe, den Text zu lesen. Er behielt die Einladung in der Hand, als er sich abwandte.

Laute, aufgeregte, ja, verzweifelte Stimmen schlugen ihm aus dem Schlafzimmer entgegen, noch bevor er die offene Durchgangstür erreichte. Drinnen herrschte scheinbares Chaos. Weiße Kleidung beherrschte die Szene, im Mittelpunkt das blutverschmierte Bett mit dem geschundenen, reglosen Körper, um den sich alles Bemühen drehte. Die Männer bewegten sich wie gehetzt, und man mochte meinen, sie würden vor Anspannung zittern und mit ihren fliegenden Fingern nicht einmal die Infusionsnadel setzen können. Doch sie arbeiteten trotz des Durcheinanders ruhig und sicher. Das Leben, das sie zu retten versuchten, war ihnen wichtiger als ihr eigenes. So bedingungslos hatten sie sich ihrem Beruf verschrieben, und darin glichen sie einem Cop, der seinen Dienst ernst nahm.

Es wurde immer schwerer, diese Aufgaben für die Allgemeinheit zu erfüllen. Denn das, was man früher »Allgemeinheit« genannt hatte, existierte ohnehin nicht mehr. Was existierte, war das Verbrechen, ein Moloch, der immer gewaltiger wurde. Die anständigen Leute waren längst zu einer schwachen und hilflosen Randgruppe geworden.

Albrecht betrat das Zimmer. Nur erfahrene Polizeibeamte wie er vermochten zu erkennen, ob eine Rettungsmaßnahme trotz aller Eile in geordneten Bahnen verlief. Er sah, daß hier alles wie am Schnürchen klappte. Das Notarzt-Team arbeitete hervorragend zusammen; die Jungs hatten gleich zu Anfang eine Trage herangeschafft. Sie sahen viel Schreckliches in ihrem Beruf, doch beim Anblick von Shelly Webster waren sie blaß geworden. Aber dann hatten sie gehandelt, hatten beherzt zugepackt, fest entschlossen zu retten, was noch zu retten war. Vielleicht hatte die Frau, die so jung und schön gewesen war, eine Chance. Vielleicht, wenn man sie schnell genug ins Hospital schaffte.

Sie war bei Bewußtsein; ihre Schmerzenslaute gingen dem Sergeant durch Mark und Bein. Ihr Gesicht war eine blutige Masse inmitten des verklebten Haars. Einer der Arzthelfer drückte eine Sauerstoffmaske in das Blut, und irgendwie gelang es ihm, die richtige Stelle zu finden, um Shellys Atemwege noch zu erreichen. Ein zweiter Helfer verband die intravenöse Nadel mit dem Infusionsschlauch, und der dritte versuchte, das Blut zu stoppen, das aus Shellys Wunden im Brustbereich strömte.

Der Weißgekleidete, der die Infusion noch einmal überprüfte, blickte zu Albrecht auf. »Sergeant, wir *müssen* sie jetzt bewegen!«

Der schwarze Hüne nickte.

Zwei der Arzthelfer beeilten sich, Shelly auf die Trage umzubetten. Der dritte kam auf Albrecht zu; sein Namensschild wies ihn als »O'Greaghan« aus. Er knurrte:

»Sie zu vergewaltigen, hat diesen perversen Bastarden nicht gereicht. Sie mußten ihr auch noch ihre Initialen in die Brust schneiden!«

Aus der Zimmerecke hinter Albrecht erscholl eine Stimme.

»Sarge!«

Er drehte sich um, während die Männer aus dem Notarztwagen die Trage mit der schwerverletzten Frau anhoben. Rawlins, einer der uniformierten Cops aus dem Tatortkommando, zeigte auf ein weißes Hochzeitskleid, das über einen Sessel ausgebreitet lag.

»Ja . . .«, sagte Albrecht gedehnt. Er hob den Einladungszettel, den er noch in der Hand hielt. »Shelly Webster und Eric Draven. Die Hochzeit sollte morgen abend sein.»

»Hoffentlich kriegen sie ihre Standesamtsgebühr zurück.« Rawlins zog die Augenbrauen hoch, und er hob die Schultern, so daß sein Kopf dazwischen halb versank.

»Wer, in aller Welt, heiratet ausgerechnet an Halloween?« knurrte O'Greaghan.

»Niemand.« Albrecht hörte sich erschöpft an; in der Tat kostete es ihn höllische Anstrengung, sich immer wieder vorzustellen, wie das hoffnungsvolle Leben und die junge Liebe dieser beiden Menschen so brutal zerstört worden waren. Er zerknüllte die Hochzeitseinladung, quetschte sie zwischen seinen kräftigen Fingern zu einem Ball und warf ihn weg.

Das Rufzeichen seines Walkie-talkies quäkte; er löste es aus der Gürtelhalterung und schaltete auf Empfang.

»Albrecht«, meldete er sich in knappem Ton.

»Sir . . .« Es war Patrolman Burgess. Er vertrat Albrecht unten vor dem Haus, behielt den Überblick. »Die Absperrung steht, wir suchen jetzt nach Zeugen. Der Notarzt hat den Tod dieses Mannes – Eric Draven – festgestellt. Die Leiche kann jetzt abtransportiert werden.«

»*Die* Entscheidung überlassen wir unseren Mitstreitern von der zivilen Fakultät.« Albrecht grinste das Funkgerät an. »Sonst noch was?«

»Nein, Sir.«

»Okay. Danke – und Ende.« Er schaltete aus.

»Verdammte Nacht des Teufels«, sagte Rawlins und schüttelte grimmig den Kopf. »Wie sieht's bis jetzt aus?«

»Dreihundertdreiundvierzig Brände«, antwortete der Sergeant.

»Hm, dann haben sie aber stark nachgelassen, verglichen mit letztem Jahr.«

»Wir haben noch drei Stunden vor uns.« Albrecht stieß die Atemluft durch die Nase aus. »Vielleicht sind sie Spätzünder.«

»Im wahrsten Sinn des Wortes, was?« Rawlins preßte die Lippen zu einem Strich zusammen.

Inzwischen hatten die Männer vom Rettungsdienst die Trage mit Shelly Webster auf ein Gestell gehoben. Auf gefederten Rädern wurde die Schwerverletzte eilends hinausgerollt.

Albrecht verspürte wieder diesen Druck auf der Kehle, diese Beklemmung, die er nicht unter Kontrolle kriegte. Zu ahnen, ja, zu wissen, wie sinnlos alle Anstrengungen waren, das brachte einen fast um den Verstand – vor allem, was diese arme, beklagenswerte Frau betraf. Sie war einer Meute blutrünstiger Tiere in die Hände gefallen, und niemand hatte etwas dagegen tun können.

Niemand würde sie zur Rechenschaft ziehen können. Sie würden weiter vergewaltigen, morden und brandschatzen, und sie würden niemals gefaßt. Albrecht war sicher, daß sie für den Mann arbeiteten, der hier alles kontrollierte.

Top Dollar. So wurde er genannt.

Niemand, der nicht unter seinem Schutz stand, würde es wagen, in seinem Machtbereich ein derart bestialisches Gemetzel zu veranstalten, wie es hier vor einer knappen halben Stunde geschehen war. Und gerade weil die Dinge so standen, würden die Täter ungeschoren davonkommen.

Denn Top Dollar war mächtiger als die Polizei.

Albrecht schüttelte den Kopf, um die niederschmetternden Gedanken loszuwerden. Er beeilte sich, den Helfern mit der Trage zu folgen.

* * *

Es gab keine frische Luft. Draußen vor dem Gebäude, wie überall in den Straßen Detroits, hing der Brandgeruch. Beißend breitete er sich aus, fraß sich in die porösen Backsteinmauern und war auch dann allgegenwärtig, wenn irgendwann einmal – vorübergehend – die Feuer erloschen waren.

Erneutes Sirenengeheul näherte sich, als die Männer ins Freie hasteten. Shelly Webster war noch immer bei Bewußtsein, doch ihre Schmerzen mußten unerträglich sein. Albrecht hielt sich in ihrer Nähe, wollte durch sein bloßes Erscheinungsbild beruhigend auf sie wirken. Ob es half, wußte er nicht, aber er hatte verschiedentlich von Leuten gehört, daß er etwas Väterliches, Beschützendes ausstrahle.

Die Hecktüren des Rettungswagens wurden geöffnet. Cops drängten Schaulustige zurück. Der Überblick, den er eigentlich haben sollte, war Burgess offenbar wieder verlorengegangen. Albrecht kreidete es ihm nicht an. Niemand konnte heutzutage irgend etwas garantieren, am allerwenigsten bei einem Polizeieinsatz.

Das Sirenengeheul endete mit einem langgezogenen Jaulen. Es stammte von einem Zivilfahrzeug der Detective Division. Ein Chevrolet Caprice. Für Detective Lieutenant Torres mußte es natürlich das Allerfeinste und Modernste sein.

Und natürlich hielt sein Nobel-Chevy in unmittelbarer Nähe des Rettungswagens, wo jeder stinknormale Streifenwagen weggescheucht worden wäre.

Aber Torres war sich seiner Wichtigkeit bewußt. Schon als er ausstieg, war seiner Miene anzusehen, wie schwer er an der Verantwortung trug. Und wo er auftauchte, *war* er nun mal für alles und jeden verantwortlich; das ließ er sich von keinem streitig machen. Patrolman Burgess und die anderen Cops kriegten es augenblicklich mit, als Torres sich einen Weg zum Zentrum des Geschehens bahnte und sich mit knappen, herrischen Fragen einen ersten Überblick über die Lage verschaffte. Das Motto seines Auftritts war: »Demonstriere so perfekt wie möglich die Eile eines vielbeschäftigten, überlasteten Kriminalbeamten in verantwortlicher Position.« Und das mußte man ihm lassen, die praktische Umsetzung dieses Leitsatzes hatte er hundertprozentig drauf.

Der Lieutenant war ein mittelgroßer, stämmiger Mann; sein mittelblondes, mit einem Stich ins Rötliche gehende Haar, ließ auf den ersten Blick nicht vermuten, daß zumindest ein Teil seiner Vorfahren aus der südlichen Hälfte des amerikanischen Kontinents stammte.

Albrecht blieb ein paar Schritte zurück.

Torres steuerte auf ihn zu und sah ihn an, wie man einen Handlanger ansieht. »Ist das das Opfer?«

Die Männer aus dem Rettungswagen klappten die Vorrichtung heraus, mit deren Hilfe sie die Trage in die Führungsschienen heben würden.

»Nein«, antwortete Albrecht. Unbeeindruckt hielt er dem Blick des Lieutenant stand. »Das ist Amelia Smith.« Er zog die Mundwinkel nach unten, um Torres klarzumachen, was für eine dämliche Frage er gestellt hatte. »*Wir* haben sie gefunden, Lieutenant – und *Sie* haben's verpaßt.«

Torres pumpte sich auf. »Interessiert mich nicht, wie sie heißt«, schnaubte er. »Ich habe Ihnen jedenfalls nicht den Befehl gegeben, sie abtransportieren zu lassen. Himmel noch mal, Albrecht, langsam kapiere ich, weshalb man Ihnen die goldene Dienstmarke weggenommen hat.«

»Yeah . . .«, entgegnete der Sergeant. Er deutete ein Grinsen an. Es spiegelte eisige Verachtung. »Ich war als Arschloch nicht talentiert genug.« Und ohne eine Antwort abzuwarten, schob er sich an Torres vorbei, ließ ihn einfach stehen. Er wollte für die Trage den Weg auf den letzten paar Metern frei machen.

Ein schrammendes Rollen endete kurz vor ihm.

Dann ein Klacken.

Ein Skateboard klappte hoch, zeigte dem Sergeant die kugelgelagerten Rollen. Ein gekonntes Bremsmanöver, sehr routiniert.

Albrecht hatte mehr auf das Geräusch geachtet als auf die Ursache. So fiel sein Blick zuerst auf das Skateboard. Groß und abgenutzt war es, viel zu groß für das kleine Mädchen. Aber das war nur der erste Eindruck. Bestimmt würde sie sich beschweren, wenn man sie als klein bezeichnete. Dennoch war sein erster Gedanke: *Ein Kind, so spät noch allein auf der Straße . . .*

Jedenfalls war niemand in der Nähe, der auf die Kleine achtete. Kein Mensch kümmerte sich um sie. Albrecht schätzte sie auf elf, höchstens zwölf Jahre. Doch ihr Gesichtsausdruck war der einer Erwachsenen, die schon alles gesehen hat. Das blonde Haar hatte sie hinten zu einem kleinen Zopf zusammengebunden. Ihre Jacke, die Jeans und die Schuhe mochten aus einem Second-Hand-Laden stammen.

»Geh mal ein bißchen zur Seite, Kind«, bat Sergeant Albrecht.

Aber das Mädchen war wie gelähmt, den Blick starr auf die Trage gerichtet

Shelly spürte es in dem Gewirr von Männerstimmen und Uniformen. Es gelang ihr, die Augen zu bewegen; ihre

Willenskraft war stärker als ihre Schmerzen. Ihr Blick erfaßte das kleine Mädchen. Voller Verzweiflung streckte Shelly den Arm aus. Die Helfer ließen sie gewähren.

»Sarah!« rief sie, und es klang wie ein erstickter Schrei.

Stummes Entsetzen breitete sich in dem Gesicht des Mädchens aus.

»Ganz ruhig«, mahnte Albrecht die Schwerverletzte.

Sarah wollte zur Trage, wollte zu Shelly, aber die Cops hielten sie zurück.

Die Helfer hoben die Trage an, um sie in den Rettungswagen zu schieben.

»Wo ist Eric?« hauchte Shelly.

»Machen Sie sich keine Sorgen um ihn.« Albrecht wunderte sich, wie glatt es ihm über die Lippen kam. Er mußte sich hinabbeugen, damit er Shellys Antwort verstehen konnte.

»Sagen Sie – sagen Sie ihm, daß er sich um Sarah kümmern soll . . .«

»Das mach ich«, nickte Albrecht. »Bleiben Sie nur ganz ruhig liegen.«

Shelly war zu schwach, um noch etwas zu erwidern. Gleich darauf wurde sie in die warme Helligkeit des Rettungswagens geschoben. Der Notarzt und seine Mitarbeiter waren für sie da. Der Beifahrer schloß die Türen, dann rannte er nach vorn. Gleich darauf fuhr der weiße Kastenwagen an, und die Sirene heulte auf. Die Zahl der Neugierigen hatte zugenommen; sie wichen zurück, machten Platz.

Albrecht wandte sich ab; er fühlte sich, als hätte er Blei in den Knochen.

Sarah stand noch immer da, vorn in der Menschenansammlung. Niemand beachtete sie. Sergeant Albrecht war der einzige, der die Tränen in ihren Augen sah.

Er ging zu ihr, ging vor ihr in die Hocke.

»Sarah«, sagte er und lächelte aufmunternd. »Deiner Schwester geht's bald wieder besser.«

»Sie ist nicht meine Schwester«, erwiderte das Mädchen ernst. »Shelly kümmert sich nur um mich. Ich war mit ihr befreundet – und mit Eric.«

Ihre Aufmerksamkeit wurde abgelenkt; ihr Blick wanderte an dem Sergeant vorbei und heftete sich mit neuem Entsetzen auf eine Gruppe von Männern. Auch sie transportierten eine Trage, doch sie legten keine Eile an den Tag. Und das Fahrzeug, auf das sie zuhielten, war so grau wie ihre Kluft.

Ein geschlossener Kastenwagen. Die Beschriftung des Hecks war dezent und klein, konnte Sarah aber nicht verborgen bleiben:

CORONER

Und sie mußte nicht lange herumrätseln, um darauf zu kommen, daß es Eric Dravens sterbliche Überreste waren, die dort in den Leichenwagen gehoben wurden.

Vorwurfsvoll wandte sich Sarah wieder dem Sergeant zu. »Sie haben sie belogen – über Eric . . .«

»Das *mußte* ich tun.«

»Dann haben Sie mir auch über Shelly nicht die Wahrheit gesagt. Sie wird sterben, nicht wahr?«

Albrecht fand keine Antwort. Sarah weinte; sie konnte die Tränen nicht mehr zurückhalten, und ihr Schluchzen klang wie ein Schmerzensschrei. Der Sergeant schloß sie in die Arme, versuchte sie zu trösten und ersparte ihr damit den Anblick des abfahrenden Leichenwagens.

2

Die Rückkehr

Ein Jahr später ...

Die Krähe kreiste lautlos in der Dunkelheit über der Kathedrale. Es war ein finsterer, kalter Abend; die dichte Wolkendecke verwehrte den Blick auf den Sternenhimmel. Es hatte geregnet. Dachpfannen und Mauersteine glänzten vor Nässe.

Mit geschicktem Flügelschlag landete die Krähe auf einer der Turmspitzen des riesigen Gotteshauses. Sie befand sich am Kristallisationspunkt einer ungeheuren Energie, das war überdeutlich zu spüren. Hier würde Entscheidendes geschehen, an diesem Ort, in naher Zukunft.

Sarahs Gedanken drangen zu ihr, erreichten sie mit der Klarheit des gesprochenen Worts.

»Ein Gebäude wird niedergebrannt, und alles, was übrigbleibt, ist Asche. Ich dachte immer, das würde für alles gelten für Familien, Freunde, Gefühle ... Nun aber weiß ich, daß manchmal – wenn sich die Liebe als wahre Liebe erweist – zwei Menschen füreinander bestimmt sind und nichts sie trennen kann.«

Die Krähe verließ ihren Platz auf dem Turm. In steilem Flug stieß sie auf die Dächer der sterbenden Stadt hinab, um dann in geringer Höhe über den Firsten ihrem Ziel zuzueilen.

Die Zeit war gekommen.

Es galt nun, das Notwendige in die Tat umzusetzen. Die Krähe hatte sich in dem zurückliegenden Jahr mit der Stadt vertraut gemacht, hatte in Ruinengiebeln gelebt wie eine Dohle, und sie war den Menschen, die sich schuldig gemacht hatten, auf die Spur gekommen. Sie wußte alles. Es gab nichts mehr, was sie noch hätte wissen müssen.

* * *

Das Skateboard trug Sarah wie im Flug über die Bürgersteige. Je schneller sie vorankam, desto weniger war sie in der Dunkelheit gefährdet.

Sie war das, was Großstadtbewohner »streetwise« nannten, clever genug, um auf der Straße klarzukommen. Sie kannte alle Gefahren, denn sie war nun schon so lange auf sich allein gestellt. Sie war es schon gewesen, bevor sie Shelly und Eric kennengelernt hatte.

Als Sarah den Friedhof erreichte, setzte erneuter Regen ein. Es kümmerte sie nicht. Sie kam bei jedem Wetter, jeden Tag. Wenn sie ihre toten Freunde einmal nicht besuchen würde, das wußte sie, dann würde sie am Abend nicht einschlafen können. Dann würde sie allein in ihrem Bett liegen, in der Wohnung ihrer Mutter, und sie würde sich die ganze Nacht lang die Augen aus dem Kopf heulen.

Der tägliche Besuch auf dem Friedhof war für Sarah eine Pflicht, die sie sich selbst auferlegt hatte.

Sie verließ den Hauptweg und bog in die Gräberreihe ein, in der Shelly und Eric in der kühlen Erde ruhten. Ein paar alte gußeiserne Lampen, über den Friedhof verteilt, spendeten fahles Licht. Der Donner eines herannahenden Gewitters rollte über die Stadt. Ein Blitz zuckte und verstärkte das Licht. Sarah verharrte vor den Grabsteinen.

Die Namen waren mit so wunderschönen Buchstaben eingemeißelt, daß Sarah jedesmal mit der Hand darüberstreichen mußte.

SHELLY WEBSTER

Sarah ließ ihre Fingerkuppen über die Buchstaben gleiten. »Shelly«, sagte sie voll trauriger Zärtlichkeit. Wie immer verweilte sie lange, indem sie die Arme auf den Grabstein legte, bis sie sicher war, daß Shelly dies spüren konnte.

Der Regen wurde stärker, doch das störte sie nicht.

Unvermittelt hörte sie ein Klatschen, gleich darauf ein Krächzen. Erstaunt hob sie den Kopf.

Die Krähe blickte sie an, mit leicht schräg geneigtem Kopf. Das klug aussehende Tier saß auf Erics Grabstein, gleich neben Shellys letzter Ruhestätte. Das blauschwarze Gefieder des Totenvogels schimmerte, als ein erneuter Blitz die Szenerie erhellte.

Sarah fürchtete sich nicht. Im Gegenteil, sie empfand sofort etwas wie Vertrauen. Sie hatte Krähen stets für lustige Gesellen gehalten. Es war lange her, daß sie eine gesehen hatte. Selbst Dohlen, eigentlich typische Stadtbewohner, waren selten geworden in Detroit. Was hier noch frei lebte, war sozusagen der Abschaum der Tierwelt.

Wieder stieß der Rabenvogel ein Krächzen aus, langgezogener diesmal.

»Hey!« rief Sarah verschmitzt. »Wer bist du? Der Nachtwächter oder so was?«

Die Krähe blinzelte. Zwinkerte ihr zu.

Diesen Eindruck hatte Sarah jedenfalls, als der Vogel den Kopf noch schiefer legte. Regentropfen perlten in rascher Folge über die Federn der Krähe.

Und wieder ließ sie ein Krächzen vernehmen. Dann hob sie den Kopf ein Stück und pickte mit ihrem mächtigen Schnabel auf Erics Grabstein. Scharfe, fast metallische Schläge hallten weit durch das Rauschen des Regens.

Sarah hatte das Gefühl, ein freundliches Wesen getroffen zu haben. Und seltsamerweise fiel ihr der Abschied von ihren toten Freunden an diesem Abend leichter als sonst.

* * *

Der Imbißstand hatte eine intakte Leuchtreklame. Die roten, gelbgeränderten Buchstaben thronten über dem Vordach und strahlten durch die Regenschwaden: MAXI-DOGS.

Schon vor vielen Jahren hatte es sich eingebürgert, statt »Hot Dog« nur noch »Dog« zu sagen, und trotzdem wußte jeder, daß damit kein Hund gemeint war.

Sergeant Albrecht saß auf einem der Barhocker unter dem Dach. Er trug den dienstlich zugeteilten Regenmantel. Halb in das offene Verkaufsfenster des Ladens gelehnt, sah er stirnrunzelnd zu, wie seine Bestellung ausgeführt wurde.

Mickey, der Inhaber von »Maxi-Dogs«, war ein gemütlich wirkender Typ. Vor seinem Bauch spannte sich eine fettfleckige Schürze, und zwischen seinen Zähnen klemmte eine Havanna. Er versenkte das Frankfurter Würstchen in einem rechteckigen Senfbehälter.

Albrecht verdrehte die Augen.

Wie üblich redete Mickey während der Arbeit, ohne die Havanna dabei aus dem Mund zu nehmen. »Weißt du, was diese Stadt braucht, ist eine richtige, gewaltige Naturkatastrophe. Ein Erdbeben oder so was. Einen Tornado . . .«

»Du mußt *erst* den Senf drauftun«, seufzte Albrecht und zeigte auf das offene Brötchen. »*Dann* das Würstchen!«

Mickey ließ sich nicht beirren. »Oder eine Sintflut«, nuschelte er, »wie in der Bibel.« Mit chirurgischer Sorgfalt breitete er eine Serviette aus, bestrich das Brötchen mit Senf und legte das Würstchen drauf.

»He, he, he!« rief Albrecht. »Laß mich das machen.« Er langte über den Tresen, schnappte sich den halbfertigen Dog und schaufelte Zwiebelringe hinein. »Komm schon, Mickey. Mich haust du nicht übers Ohr. Ich brauche jede Menge Zwiebeln.»

Das Rattern von Skateboard-Rädern schälte sich aus dem Straßenlärm der Stadt.

Während Albrecht noch mit seinem Hot Dog beschäftigt war, beugte Mickey sich vor, um aus dem Fenster zu spähen.

»Hey!« rief er erfreut. »Das ist doch das Sarah-Monster!«

Sarah ratterte heran und kam zielgenau neben dem Sergeant zum Stehen – wie eine Eislaufprinzessin, die die Bande ansteuerte. Sie lehnte das Skateboard an die Wand.

»Sag mal«, wunderte sich Albrecht, »wie lenkst du das Ding eigentlich auf einer nassen Straße?«

»Ist alles nur eine Frage des Talents«, antwortete Sarah altklug, und, indem sie erst den Sergeant und dann Mickey ansah, fügte sie hinzu: »Hi!«

Albrecht sah Mickey an und sagte wichtig: »Sarah ist ein echter Hot-Dog-Fan.«

Mickey schmunzelte, denn er wußte, was kommen würde.

Sarah wischte sich eine Strähne ihres regennassen Haars aus der Stirn und blickte zu dem Sergeant auf. »Geben Sie einen aus?« fragte sie keß.

»Na klar«, nickte Albrecht. »Ich geb einen aus.« Beim Lächeln entblößte er die makellosen, perlweißen Zähne, die Sarah so an ihm bewunderte.

»Aber ohne Zwiebeln«, entschied Sarah, indem sie gewohnheitsmäßig einen Hocker heranzog und sich neben ihren großen schwarzen Freund setzte.

»Keine Zwiebeln?« rief Albrecht und spielte den Fassungslosen.

»Davon muß man zuviel furzen, Großer«, entgegnete das Mädchen mit fachmännischer Miene.

Mickey lachte lauthals; er schob Sarah eine Coke zu. Danach versorgte er sie mit einem seiner senfgebadeten Hot Dogs. Nachdem er Albrecht und dem Mädchen eine Weile beim Essen zugesehen hatte, fragte er: »Na, Sarah, wo kommst du denn her, bei diesem Sauwetter?«

»Ich hab ein paar Freunde besucht«, antwortete Sarah kauend.

»Und wie geht's deinen Freunden?« erkundigte sich Albrecht zwischen zwei Bissen.

»Sie sind immer noch tot.«

Albrecht und Mickey wechselten einen bedeutungsschweren Blick.

* * *

Der T-Bird war flach, rot und gewaltig, wie er an der Bordsteinkante parkte. Die auf fünfhundert PS getunte Achtzylindermaschine brabbelte unter der langen Motorhaube. Sie standen vor ausgebrannten Häusern und einer Ansammlung ziemlich alter Mülltonnen, die im Laufe der Zeit von den Ratten, statt von der Müllabfuhr, geleert worden waren.

»Weißt du«, sagte T-Bird, der sich wie sein Auto nannte, »der Erie-See ist wirklich mal in Flammen aufgegangen. Da hat der ganze Abfall, der drauf rumschwimmt, Feuer gefangen. Mann, das hätte ich gerne gesehen!«

Funboy, der schwarzhaarige Junge mit dem Ziegenbart, sah ihn vom Beifahrersitz her bewundernd an. T-Bird war sein großes Vorbild, dieser eisenharte, muskelbepackte Kerl mit dem kantigen Gesicht und den strichdünnen Lippen. Gegen T-Bird konnte keiner anstinken. Der war nicht nur mit seinen Fäusten jedem überlegen, der hatte auch so verdammt viel in der Birne, daß ihm keiner was vormachen konnte.

Und immer hatte er tolle Storys auf der Pfanne!

Der brennende Lake Erie! Das mußte man sich mal vorstellen! Funboy hätte sich ausschütten können vor Lachen. Aber der Krach da draußen lenkte seine Aufmerksamkeit ab.

In dem Automatenladen gingen gerade sämtliche Spielkisten zu Bruch.

Tin-Tin und Skank waren drin. Die beiden mußten ziemlich harte Arbeit leisten mit den Eisenstangen. Funboy kannte sie aber gut genug, um zu wissen, daß es ihnen wirklich Spaß machte. Und wenn Arbeit Spaß machte, dann war es eine gute Arbeit. Logisch.

Die Geräusche von wuchtigen Schlägen, zerspringendem Glas und berstendem Blech hallten auf die Straße. Total nicht zu kapieren, daß der Laden sich immer noch gehalten hatte in dieser Gegend, in der kaum einer wohnte. Aber die meisten Zocker kamen wohl mit ihren Schlitten, und was sonst so an Pennern durch die Gegend schlurfte, machte wohl auch mal den einen oder anderen Dollar Umsatz. Das waren aber alles nur Leute, die die alten Videospiele wollten. Die sich an Cyberspace und den echt coolen Kram von heute nicht gewöhnen konnten.

Die guten alten Automatenspiele der neunziger Jahre. Das bot ARCADE GAMES. Weil der Schuppen für die supermodernen Games natürlich nicht genug Gewinn machte. Blöder Name überhaupt, Arcade Games. Aber das Schild über den Schaufenstern war praktisch schon Vergangenheit; daran würde sich sehr bald kein Schwein mehr stören, no, Sir! Ihm, Funboy, war's immer ein Dorn im Auge gewesen, genau wie T-Bird und den anderen. Der ganze verdammte Laden hatte ihnen nicht gepaßt. Und jetzt wurde endlich aufgeräumt, damit das Viertel ein einheitliches Bild bot. Ein Bild von einheitlichem Schrott.

Mit glänzenden Augen spähte Funboy durch die Windschutzscheibe. Die Scheibenwischer waren eingeschaltet, auf Intervallbetrieb. Der Regen hatte etwas nachgelassen, aber das mußte nichts heißen in dieser Jahreszeit. Jeden Augenblick konnte es wieder wie aus Kübeln schütten.

Voller Begeisterung sah Funboy zu, wie vorn an der Ecke die Fetzen flogen. Tin-Tin, dieser schwarze Riesenkerl in seinem schwarzen Leder-Trench, war undeutlich hinter den beschlagenen Fenstern zu sehen. Er war schwer am arbeiten. Irgendwas hatte er von der Wand gerissen, yeah, so einen einarmigen Banditen! Und jetzt schleuderte er das Ding – durchs Fenster!

In einem Sprühregen von Scherben, wie ein riesiges kantiges Geschoß, segelte der Automat auf die Straße. Es klirrte und schepperte, als der Kasten über die Fahrbahn schlitterte und im Dreck auf der anderen Seite liegenblieb.

Funboy johlte und kreischte und klatschte in die Hände wie ein Schlachtenbummler. Himmel, wie gerne hätte er da mitgemischt! Aber was nicht ging, das ging nicht. T-Bird hatte es ihm erklärt; sie beide, hier, waren Eingreif . . . dings, Eingreifreserve. Und Aufpasser. Nicht, daß man unbedingt mit Bullen rechnete. Mit denen hatte man hier kaum noch Ärger. Aber die Konkurrenz schlief nicht. Das war's. Denn Arcade Games würde ja auch noch ein bißchen was abwerfen, bevor es abgefackelt wurde. Ein paar Bucks aus der Kasse und was sonst noch so an verwertbarem Kram da war. Tin-Tin und Skank hatten einen Blick für Sachen, die man versilbern konnte. Auf die beiden konnte man sich verlassen. Mit denen wurde gerecht geteilt. Geld, Wertsachen, Weiber. Alles.

Funboy lachte und lachte, während die beiden im Arcade Games weitermachten.

T-Bird hing zurückgelehnt im Winkel von Tür und Fahrersitz. Er warf einen genervten Blick auf seinen Nebenmann. Manchmal ging einem der Junge wirklich auf den Zeiger. Manchmal, wenn einem absolut nicht mehr klar war, was an einer Sache noch spaßig war. Aber Funboy hieß nun mal nicht umsonst Funboy. Der lachte einfach über alles.

Selbst wenn ihm einer ein Messer an die Kehle setzte, hatte er noch seinen Spaß dran.

Weil er wußte, daß der Messerheld es nicht überlebte.

Denn Funboy war nicht nur der albernste, er war auch der härteste Hund in der Stadt. T-Bird hätte ihn sonst nie in seine Crew aufgenommen; er hatte auch lange gebraucht, um zu kapieren, was für ein eiskalter Killer dieser ewig gackernde Typ war. Während seine Gegner noch über ihn den Kopf schüttelten, machte er sie fertig.

Lachend.

T-Bird war zufrieden mit sich und seinen Leuten. Eine bessere Mannschaft als sein Viererteam sollte Top Dollar erst mal suchen! Da gab's nichts Vergleichbares in Detroit City, dieser Perle der amerikanischen Großmüllhaufen. T-Bird grinste versonnen, während sein leicht zu begeisternder Kumpel die anderen anfeuerte, obwohl sie's nicht hören konnten. Er, T-Bird, war der unumstrittene Boß und geistige Kopf der Viererbande. So nannte er seinen Verein, obwohl die anderen nicht begriffen, was daran witzig war. Okay, die waren nie richtig zur Schule gegangen, konnten auch kaum lesen und schreiben. Er aber hatte sich eine Menge reingezogen im Laufe der Jahre, und deshalb stand er heute auch an der Spitze eines gefürchteten Teams. Weil er seinen Leuten sagen konnte, wo's langging. Weil er den Grips dazu hatte. Und wenn er ihnen erzählte, daß die Viererbande früher mal eine politische Verschwörergruppe bei den Chinamännern gewesen sei, dann glotzten sie ihn bloß mit Kuhaugen an. Ahnungslos waren sie in solchen Sachen, total ahnungslos.

Allright, es genügte, daß sie clever waren, wenn's drauf ankam. Das Denken nahm er ihnen ab, dafür war man als Boß letzten Endes ja auch da.

Vor Tin-Tin kriegten die meisten schon Angst, wenn sie ihn bloß sahen. Wenn der Bursche die Straße raufkam, breitbeinig und den Kragen des schwarzen Trenchcoats ein Stück hochgeschlagen, o Mann, dann war das wie der Aufmarsch einer Armee. Dann war John Wayne, damals auf der Mainstreet, die reinste Witzfigur dagegen

Denn Tin-Tin war noch überragender als RoboCop oder der Universal Soldier. Tin-Tin hatte Muskelpakete wie aus Ebenholz; doch nicht mal das hätte seine Gegner unbedingt beeindruckt, wenn da nicht das persönliche Waffenarsenal unter dem Leder hervorgelugt hätte.

Wurfmesser.

Zwei Dutzend mochten es sein, die Tin-Tin kreuzweise in Bandoleros über dem Brustkasten trug, wie früher Pancho Villa und seine Kumpels ihre Patronengurte. Tin-Tin brauchte keine Mini-Uzi und keine Heckler & Koch. Wenn er richtig gut drauf war, dann sausten seine Klingen so schnell und so präzise wie eine MPi-Garbe. Die Ausrüstung stammte noch von seinem Lehrmeister. Den hatte er in einem Zirkus gesehen, dem letzten seiner Art. Nach der Vorstellung hatte Tin-Tin eine Einladung ausgesprochen, die der Messerwerfer nicht ablehnen konnte. Tin-Tin hatte ihn dann ein paar Monate in seiner Kellerwohnung beherbergt, ausbruchssicher. Als er genug gelernt hatte, hatte Tin-Tin dem Meister vorgeführt, was er schon konnte – indem er ihn als erste lebende Zielscheibe seiner Laufbahn benutzte. Der Meister war sehr gekonnt ins Jenseits abgedriftet.

T-Bird schmunzelte bei dem Gedanken. Teufel auch, bei Tin-Tins erstem Wurfkill wäre er mindestens genauso gern Zuschauer gewesen wie beim Brand des Lake Erie.

Und Skank? Ein Großmaul, okay. Ein dürrer Kerl war er, und am liebsten riß er immer dann die Klappe auf, wenn er gar nicht gefragt war. Das Schöne daran war, daß er nie eins draufkriegte. Das lief immer umgekehrt: Er stopfte den anderen das Maul, wenn sie versuchten, es noch weiter aufzureißen als er selbst. Dazu benutzte er entweder seine Fäuste oder seine Automatik. Mit beiden konnte er so hervorragend umgehen, daß ihm bislang noch keiner über den Weg gelaufen war, der besser war als er.

T-Birds Aufmerksamkeit wurde wieder auf das Geschehen an der Straßenecke gelenkt.

Erneut flog was durchs Fenster auf die Straße. Diesmal war es ein Pilotensitz aus einem der altmodischen Flugsimulatoren. Skank zertrümmerte den Rest der Fensterscheiben mit der Eisenstange. Zugluft war wichtig. Leute mit einem Kamin in der Luxuswohnung wußten das; ohne richtigen Zug kein richtiges Feuer.

T-Bird blickte auf den Kasten mit der rotglühenden Digitalanzeige. Das Ding hatte sich bewährt. Fernzündung. Damit war man von vornherein raus aus jedem Schlamassel. Falls die Bullen überhaupt mal Zeit hatten, einen Brandfall zu untersuchen.

Drinnen, im Arcade Games, gossen Tin-Tin und Skank jetzt das Zeug aus. T-Bird lächelte selbstgefällig. Sein Spezial-Cocktail, selbstentwickelt. Onkel T-Birds hundertprozentiger Brandbeschleuniger. Der hinterließ keine Spuren; der verbrannte auch den Zünder ohne Rückstände. Da kriegte kein gottverdammter Spurensicherer ein Bein auf den Boden; da konnten sie nur noch Bauklötze staunen, wenn sie überhaupt mal aufkreuzten.

* * *

Die Krähe hatte auf dem Friedhof ausgeharrt, hatte Blitz und Donner über sich ergehen lassen und war nicht von Eric Dravens Grabstein gewichen. Sie spürte nun, wie sich die Energie aufbaute, deren Teil sie war. Von diesem Augenblick an nahmen die Dinge ihren Lauf. Unaufhaltbar. Die Krähe war bereit, die ihr anvertraute Seele zu führen.

Erics Seele.

Und seinen Körper. Seine menschliche Gestalt.

Die Krähe ließ ihren heiseren Schrei ertönen. Am fernen Himmel grollte Donner; das Zucken eines Blitzes hieb einen schwefligen Riß in die Wolkendecke.

Und ein Grollen war auch aus der Erde zu vernehmen.

Die Krähe war aufgeregt.

Denn es geschah.

Es geschah jetzt.

Sie hatte sich der Aufgabe gestellt, und sie wußte alles darüber. Sie verfügte über das unermeßliche Wissen, das ihr die Aufgabe leichtmachte. So drangen jene Impulse in ihr Bewußtsein, die ihr mitteilten, was sich andernorts in der Stadt abspielte. In einer den Menschen nicht zugänglichen Dimension erlebte sie es mit.

So lebte sie in der Gedankenwelt derer, die das Böse verkörperten, die sich unendlich schuldig gemacht hatten. Ein Jahr war vergangen, und ihre Frist war abgelaufen. Ihre Schuld war ins Unermeßliche gewachsen, und noch immer lachten sie über das Leid anderer Menschen. Noch immer weideten sie sich an der Qual ihrer Opfer.

Die Krähe sah die Verantwortlichen für all diese Greuel. Den Mann, der dem Teufel ähnlich war. Seine Vertrauten, die ihn in seiner Grausamkeit zu übertrumpfen suchten, um ihm zu gefallen.

Die Krähe hatte aber auch die wenigen Menschen kennengelernt, die auf Erics Seite stehen würden. Freunde, von denen er noch nichts ahnte.

* * *

Die Erde vibrierte und wölbte sich. Das Grollen nahm zu; ein hohles Knarren von Holz erfüllte das Erdreich vor dem Grab Eric Dravens. Die Wölbung brach auf.

Die Krähe ließ ihren heiseren Ruf ertönen.

Abermals zerriß ein Blitz die Wolkendecke, und ein Donnerschlag erschütterte die Welt.

Der Grabhügel wurde höher und höher. Feuchte, schwarze Erde löste sich bröckelnd aus dem entstehenden Kegel.

Finger wuchsen aus dem bröckelnden Schwarz.

Eine wächserne Hand.

Doch sie bewegte sich; die Finger griffen in das Erdreich, rutschten ab, griffen von neuem in das feuchte Weich. Das Knarren aus der Tiefe schwoll an, nun begleitet von einem Bersten und Brechen. Das Aufbrechen des Hügels beschleunigte sich. Die haltsuchende Hand gewann Farbe in der kalten Abendluft, desgleichen der Arm, der sich immer höher reckte, über den Rand des Erdhügels hinaus.

Ein Schmerzenslaut ertönte, eine menschliche Stimme.

Die zweite Hand erschien, beide Hände fanden Halt, und

unter den starren Augen der Krähe vollzog sich die Rückkehr schneller, immer schneller.

Eric Draven kehrte in das Leben zurück.

Die erste Wahrnehmung seiner wiedererwachenden Sinne waren die ungeheure Anstrengung und der Schmerz. Beide zusammen bildeten die Schwelle zum neuen Leben. Und er schrie, wie er bei seiner Geburt geschrien hatte.

Sein Schrei gellte über den Friedhof, hallte wider in den Straßen der Stadt. Die Krähe stimmte mit ein. Aus dem Schmerz der Wiedergeburt erwuchs der Schrei der Rache.

Erschöpft sank Eric am Rand des Grabes zusammen. Sein Gesicht berührte die Erde, in der er geruht hatte. Über seinem schlanken Körper spannte sich sein Leichenhemd. Keuchend rang er nach Atem, und er spürte seinen Herzschlag. Er wußte, wo er sich befand.

Und er wußte, daß er von den Toten auferstanden war.

* * *

Die Krähe übernahm die Führung.

Sie mußte es behutsam tun, mußte Eric sanft in das Grauen zurück geleiten, damit er imstande war, die innere Kraft zu finden, die er brauchte, um zu guter Letzt seinen Seelenfrieden zu erlangen. Es war ein langer, dorniger Weg dorthin, aber mit Erics erwachendem Bewußtsein erwachte zugleich ein stählerner Wille, der durch nichts zu brechen sein würde.

Eric lief durch menschenleere, finstere Straßen; er folgte dem ruhigen Schwingenschlag seines gefiederten Freundes. Immer dann, wenn er sie in der Schwärze der Nacht einmal aus den Augen verlor, gab die Krähe ein Krächzen von sich, das ihm zum vertrauten Signal werden sollte.

Noch hatte er keine Erinnerung.

Noch bereitete ihm der Anblick der ausgebrannten Stadt

lediglich Unbehagen, noch war er viel zu sehr mit der Frage beschäftigt, wer er war, und vor allem: *was* er war. Das einzige, an das er sich halten konnte, war die Krähe. Von ihr übertrug sich auf ihn die beruhigende Gewißheit, schon bald den Sinn dieses Lebens zu erfahren. Denn er spürte, daß es ein außergewöhnliches Leben war, eines, das den Dimensionen der Krähe näher war als denen der Menschen.

Die Krähe führte ihn in die Nähe der Ereignisse, doch ein warnendes Gefühl sagte ihr, daß es noch zu früh war für eine direkte Konfrontation. So nahm sie in sich auf, was geschah, während sie Eric durch eine schmale, von Unrat und Schrott übersäte Seitenstraße voranflog.

Der Hinterhof der Automatenspielhalle ARCADE GAMES grenzte an die Seitenstraße.

Vorn liefen Tin-Tin und Skank ins Freie und stießen ein triumphierendes Geschrei aus. Die Achtzylindermaschine des T-Bird röhrte auf. Der Wagen preschte los, stoppte, nahm die beiden Männer auf und jagte mit kreischenden Reifen davon. Funboy johlte auf dem Beifahrersitz. In der Spielhalle breitete sich der durchdringende Geruch von T-Birds Spezial-Cocktail aus. Der Zünder, mit seinem batteriegespeisten Empfänger, war mit einer Ampulle des Brandbeschleunigers verbunden.

T-Bird scheuchte seinen bärenstarken Wagen mit halsbrecherischem Tempo durch die Straßen. Er hatte die Stereoanlage eingeschaltet, und seine Freunde grölten und schaukelten auf den Sitzen.

»Ein Bullenschlitten!« schrie Skank, der als einziger aufpaßte. »Von vorn!« T-Bird nahm Gas weg und ging auf den erlaubten Zuckeltrab hinunter. Fröhlich winkten sie den beiden Cops in ihrem Streifenwagen zu, als er vorbeifuhr.

Unmittelbar darauf passierten sie den hell erleuchteten Imbißstand MAXI-DOGS.

Sergeant Albrecht blickte dem roten Wagen nach; er kannte diesen Superschlitten nur zu gut. Und er murmelte, mehr zu sich selbst: »Schlechte Menschen auf der Straße heute abend . . .«

Nachdem er um die Ecke gebogen war, außer Sicht, drückte T-Bird die Taste des Senders.

Ein Flammenmeer schoß aus den zerborstenen Fenstern der Spielhalle.

Die Druckwelle pflanzte sich rasend schnell fort, erfaßte auch Eric in der Seitenstraße. Mehrere Meter weit wurde er durch die Luft geschleudert.

Gleichzeitig donnerte das Brüllen der Flammenhölle durch die Straßen. Es klang wie eine Explosion.

Sergeant Albrecht fuhr herum.

»Was war das?« fragte Sarah erschrocken.

Albrecht lief bereits los. »Du bleibst hier!« befahl er und bedachte Sarah mit einer väterlich warnenden Geste.

»Seien Sie vorsichtig!« rief sie ihm nach.

»Soll ich deinen Hot Dog aufbewahren?« fragte Mickey noch. Aber Albrecht hörte ihn schon nicht mehr. Er lief auf den Ort des Tosens und Prasselns zu und wußte doch, daß er zu spät kommen würde. Wie so oft. Zu spät zu kommen war die häufigste Erfahrung im Leben eines Polizeibeamten geworden.

* * *

Eric erwachte aus der Bewußtlosigkeit, und wieder war er begraben. Doch diesmal handelte es sich um einen Haufen stinkenden Unrats, in dem er gelandet war. Eilends befreite er sich daraus. Mit kraftvollen Armbewegungen wischte er leere Bierdosen und Kisten mit verfaulten Obstresten beiseite. Die Luft, die er atmete, wurde reiner, frischer. Die Luft eines kühlen Oktoberabends in Detroit.

Doch atmete er wirklich? Lebte sein Körper nach den gleichen Grundsätzen wie die Körper normaler Menschen? War er nur ein Untoter, der über kurz oder lang zu Staub zerfallen oder sich in Luft auflösen würde?

Ein Krächzen empfing ihn, lenkte ihn von den unbeantworteten Fragen ab.

Die Krähe saß auf der Seitenstrebe einer rostigen Feuerleiter und äugte zu ihm herab. Ein Strahl von Mondlicht fiel aus der aufgerissenen Wolkendecke und zeichnete die Umrisse des großen schwarzen Vogels mit weichen Konturen. Es war ein Bild, das Erics Herz mit Wärme erfüllte. So richtete er sich zu voller Größe auf, um seinem Freund zu zeigen, daß er bereit war. Sie konnten das gemeinsame Werk beginnen.

Das Leichenhemd umflatterte seinen Körper, als sie sich auf den Weg machten. Der Regen hatte nachgelassen; es wehte ein frischerer Wind. Der Geruch von Fäulnis und Verfall wollte indessen nicht weichen. Zielstrebig flog die Krähe durch das Labyrinth der Ruinenstraßen. Sie wies dem Auferstandenen den Weg durch Innenhöfe, über Feuertreppen und über Dächer. Mit mühelosen Sprüngen überwand Eric Abgründe zwischen Gebäuden. Niemand beobachtete ihn dabei, noch war er keinem Menschen begegnet.

Er verstand nicht sofort, weshalb die Krähe ihn zu einem riesigen Gebäude führte, das schwarz und klobig in der Dunkelheit stand wie die uneinnehmbare Burg eines Rittergeschlechts, das vom Rest der Menschheit isoliert lebte. Türen und Fenster waren mit Planken vernagelt. Doch die Krähe wies Eric auch hier den Weg, indem sie sich hoch in die Luft schwang und auf dem oberen Gitterkasten einer Feuerleiter landete. Eric stieg hinauf, ohne jede Anstrengung. Die rostige Brandschutztür, vor der die Eisenleiter endete, ließ sich nach innen drücken.

Ein kalter Hauch schlug dem Mann aus dem Gebäude entgegen, doch er fröstelte nicht. Er befand sich in einem stockdunklen Treppenhaus. Von irgendwoher fiel etwas fahles Licht ein, vielleicht aus dem Winkel eines Dachfensters, in das der Mond seine schwachen Strahlen für die Dauer einer Wolkenlücke schickte.

Er erklomm die breiten, mit Abfällen übersäten Treppenstufen. Die Krähe begleitete ihn, ließ sich auf dem Treppengeländer nieder. Ein seltsames, unerklärliches Gefühl befiel Eric. Er fühlte sich diesem Ort vertraut, aber er wußte nicht, wieso. Doch in der Tiefe seines Bewußtseins regte sich etwas, das die ersten Bruchstücke der Erinnerung hervorbringen würde.

Dann stand er vor der Wohnungstür. Er war imstande, die

kaum noch lesbare Schrift auf dem vergilbten Pappschild zu entziffern, links, am Türrahmen. Einen Klingelknopf gab es nicht.

SHELLY WEBSTER

ERIC DRAVEN

Ein Brennen breitete sich in seiner Brust aus. Die Erinnerung tat weh, soviel begann er zu begreifen. Die Tür ließ sich öffnen; sie war aufgebrochen und nie wieder repariert worden. Das Reststück der zerrissenen Sicherungskette schlug drinnen leise gegen das Holz. Zugluft umfing den Mann im Leichenhemd. Langsam, zögernd trat er ein. Deutlich spürte er, wie sein ganzer Körper sich anspannte. Die Krähe folgte ihm mit klatschenden Flügelschlägen. In der jäh bewegten Luft wogten Spinnengewebe, und Reste von Plastikbändern verursachten ein Rascheln. Staubbedeckte Einrichtungsgegenstände lagen in wüstem Durcheinander. Erics Schritte waren mechanisch; das harte Geräusch hallte von den Wänden zurück. Er blieb stehen, um die Schrift auf einem der Plastikbänder zu lesen.

CRIME SCENE – DO NOT PASS

* * *

Ein weißer Blitz durchzuckte zischend seine Wahrnehmung. Schlagartig verschwand die Gegenwart in der Vergangenheit. Und auf einmal war die Szene wieder da, spielte sich vor seinem geistigen Auge ab. Es ließ die Schrecken der Vergangenheit lebendig werden.

Auf Zehenspitzen schlichen sie die Stufen herauf. Vier Mann. Im Schein der Treppenhausbeleuchtung schoben sie sich kichernd und glucksend auf die Wohnungstür zu. Ein Blatt Papier, in einer Plastikhülle, war mit Heftzwecken daran befestigt. Der Text auf dem Papier war mit Schreibmaschine getippt.

»Na, was haben wir denn da?« flüsterte T-Bird und legte den Zeigefinger auf die Lippen.

Die anderen taten es ihm nach und mußten mächtig an sich halten, um nicht loszuprusten. Sie lachten lautlos und sahen aus, als ob sie kurz davor waren, vor Heiterkeit zu platzen.

T-Bird beugte sich zur Tür und las wispernd vor. »Wir, die Unterzeichneten, Shelly Webster und Eric Draven, sind Mieter von Apartment Nummer eins-neun-zwei-neun im Calderone Court Gebäude . . .« Er wandte sich an seine Kumpane, sah sie feixend an. »Ob das wohl eine Klageschrift ist?«

»Womöglich gegen einen Räumungsbefehl?« gurgelte Tin-Tin.

»Ob sie damit wohl Erfolg haben werden?« keuchte Skank, nahe davor, in schallendes Gelächter auszubrechen.

»Ich kapier nicht, warum die hier nicht rauswollen«, flüsterte Funboy. »Wo die Bude doch schon so gut wie leer ist. Ich kapier auch nicht, warum einer will, daß der Bau wirklich leer wird. Was hat er denn davon?«

»Frag unseren Auftraggeber«, zischelte T-Bird in Funboys Ohr. Mitleidig legte er dem Jungen die Hand auf die Schulter. »Das ist das Geschäft der Zukunft, mein Kleiner. Das wird noch viel stärker ausgebaut, sag ich dir. Wir sind die Frontkämpfer und kassieren dafür, daß wir Bruchbuden leer räumen. Aber diejenigen, denen die Bruchbuden gehören – tja, die sahnen wirklich ab.«

»Versteh ich nicht«, gestand Funboy.

»Kommt schon noch«, tröstete ihn T-Bird. »Wart's ab, irgendwann kommt die Erleuchtung.«

Tin-Tin preßte sich die Hand vor den Mund, und Skank hielt sich den Bauch und den Mund gleichzeitig. T-Bird scheuchte sie an die Wand, links neben der Tür. Dann klopfte er. Mit einem lauernden Gesichtsausdruck wandte er den Kopf zur Seite und horchte. Die Albernheit der anderen verwandelte sich in freudige Erwartung.

Eric machte einen weiteren Schritt in die staubigen Überreste einer einstmals gemütlichen Wohnung. Ein weiterer Blitz durchzuckte die Szene.

Shelly eilte zur Tür.

»Wo bleibst du denn so lange?« rief sie. »Ich bin ja schon halb verhungert!«

Rasch öffnete sie und hatte schon die Hand an der Sicherungskette. Im selben Augenblick sah sie das grinsende kantige Gesicht im Türspalt. Vor Schreck zuckte sie zusammen wie unter einem Hieb. Panisch versuchte sie die Tür wieder zuzuschlagen. Doch nicht einmal die Sicherungskette war ein Hindernis für T-Bird und seine Meute.

Shelly wurde zurückgeschleudert, ehe sie auch nur begreifen konnte, was geschah. Rückwärts stolpernd versuchte sie, das Gleichgewicht zu halten. Mit entsetzensweiten Augen sah sie, daß die Tür aufgeflogen, die Sicherungskette abgerissen war.

Durch die auffliegende Tür brach der leibhaftige Terror. Shelly warf sich herum, ihr Herz hämmerte bis zum Hals. Gebrüll und Gelächter der Kerle holten sie ein, schlugen über ihr zusammen als unabwendbare Katastrophe. Shelly wollte losrennen, ohne zu wissen, wohin. Ein panischer Fluchtreflex. In ihrer wahnsinnigen Angst, glaubte sie entkommen zu können – ein aberwitziger Trugschluß.

Zwei Männerarme schlossen sich wie Stahlklammern um ihren Oberkörper. Als er lachte, spürte sie den heißen Atem des Mannes in ihrem Nacken. Er roch nach Leder und Schweiß. Harte Gegenstände, die er auf der Brust trug, drückten sich Shelly in den Rücken.

Sie wollte schreien, aber eine große, harte Hand versiegelte ihr den Mund. Sie war gezwungen, kerzengerade zu stehen und den Anführer der Bande zu beobachten, wie er die Klageschrift von der Tür abriß und damit in der Mitte des Zimmers umherstolzierte.

»Verstoß gegen das Mieterschutzgesetz . . .«, las T-Bird laut und deutlich vor, und Funboy und Skank krümmten sich vor Lachen und schienen kurz davor, sich in ihrem Heiterkeitsanfall auf den Boden zu werfen.

» . . . haben die Hauseigentümer die Sicherheitsvorschriften nicht eingehalten . . .« T-Bird stakste lesend im Kreis, ein wichtigtuerischer Gockel.

Auch Tin-Tin lachte jetzt. Er nahm die Hand von ihrem Mund, doch Shelly kam nicht einmal zum Ansatz eines Hilfeschreies. Klingenstahl blitzte auf, wenige Zentimeter vor ihren Augen. Sie erstarrte vor Angst, und im nächsten Moment, als er die Messerspitze nur leicht über ihre Wange gleiten ließ, hatte sie das Gefühl, daß ihr Herzschlag aussetzte.

» . . .Entschädigung für die Mieter?« T-Bird spielte den Stutzigen, wie ein boshafter Lehrer, der zur Erbauung der versammelten Klasse die schlechteste aller Arbeiten vorliest. »Notwendige Renovierungen?« Er blickte in die Runde, als verstünde er die Welt nicht mehr. »So was! Die Wohnung ist doch nun wirklich in Ordnung. Nur ein bißchen umräumen sollten wir, yeah, dann wird's gleich noch gemütlicher.« Er übergab Funboy die Klageschrift.

»Von Umräumen steht aber nichts drin«, gluckste der Ziegenbärtige, ohne einen Blick auf das Blatt Papier zu werfen. Er knüllte es zusammen und warf es achtlos auf den Fußboden.

T-Bird schlenderte durch das Turmzimmer, sah sich um wie bei einer Besichtigung. Er nickte anerkennend. »Sehr geschmackvoll eingerichtet, und das mit wenig Geld.« Er blieb stehen. Seine Stimme peitschte. »Umräumen!«

Funboy ließ es sich nicht zweimal sagen. Während Skank sich noch nach geeigneten Gegenständen umsah, nahm Funboy eine Cokebox aus dem Regal und polierte sie grinsend mit dem Ärmel. Mit dem anderen Arm fegte er das Regal leer. Dutzende von Gegenständen segelten durch die Luft – Becher, Porzellanfiguren,

Gläser und all die anderen Kleinigkeiten, die Shelly im Laufe der Jahre gesammelt hatte. Klirrend schlug alles auf den Fußboden; das meiste ging dabei zu Bruch.

Funboy stellte die Cokebox in die Mitte des leeren Regals.

»So gefällt's mir besser«, verkündete er strahlend, mit kindlicher Begeisterung. Die anderen lachten. Skank klatschte sich vor Vergnügen auf die Schenkel.

Shelly schluchzte, trotz der Klingenspitze auf ihrer Wange. Mit Todesverachtung stemmte sie sich gegen den brutalen Griff des Mannes. Aber er hielt sie mühelos; sie hatte nicht die geringste Chance, sich auch nur einen Zentimeter zu bewegen.

T-Bird und seine Kumpane machten weiter. Höhnisch grinsend, mit der Überlegenheit unbezwingbarer Eroberer sahen sie sich nach neuen Objekten für ihre Zerstörungswut um.

Tin-Tins Kopf ruckte unvermittelt zur Seite. Das Gesicht des schwarzen Muskelmanns spiegelte plötzlich hellwache Aufmerksamkeit.

»Still!« fauchte er.

T-Bird und die anderen hielten inne, verstummten.

Aus dem Treppenhaus waren Schritte zu hören.

Mit knappen Handbewegungen dirigierte T-Bird seine Leute, verteilte sie in die Ecken des Zimmers. Er selbst blieb in der Mitte stehen.

Die Tür war nach dem Aufbrechen ein Stück zurückgeschwungen, so daß sie jetzt nur noch etwa fußbreit offenstand. Funboy, rechts von der Tür, zog seinen Revolver unter dem Hosenbund hervor und spannte den Hahn.

Erics Blick erfaßte das Durcheinander auf dem Fußboden. Seit einem Jahr hatte niemand mehr etwas angerührt. Er sah eine kleine Porzellanfigur. Eine Krähe. Einer ihrer Flügel war abgebrochen, aber der Schnabel war noch scharf und spitz. Wieder zerriß ein Blitz Erics Bewußtsein, erneut stand ihm das Geschehen vor Augen. Doch diesmal begriff er, daß er sich selbst sah.

Die Dinge fügten sich zusammen.

Er stand starr und staunend in der verwüsteten Wohnung, und der Schmerz in seiner Brust schien ihn von innen her zerreißen zu wollen.

Eric kickte die Tür mit dem Fuß auf. Er nahm an, daß Shelly sie gerade für ihn geöffnet hatte, wie sie es immer tat, wenn sie seine Schritte hörte. Er brauchte beide Hände, um die prallvolle braune Einkaufstüte zu tragen. Sie reichte bis in Augenhöhe.

»Mineralwasser in Flaschen hatten sie nicht«, sagte er beim Eintreten. »Deshalb hab ich Bier genommen . . .« Er unterbrach sich mitten im Satz, erstarrte.

»Gut gemacht«, sagte T-Bird grinsend.

Eric konnte nicht mehr reagieren.

Funboy schnellte mit einem pantherhaften Satz in die Mitte des Zimmers. Sein Revolver flog hoch. Grelles Rot zuckte aus der Mündung. Das Krachen des Schusses dröhnte durch die Wohnung.

Und die Hölle brach los.

Shelly schrie gellend. Sie spürte den Schmerz nicht, den ihr die Klinge zufügte. Viel grausamer, tausendmal schlimmer war der Schmerz, Eric sterben zu sehen, von viehischer, menschenverachtender Gewalt niedergemacht.

Die Kugel hatte die Einkaufstüte durchschlagen und ihn in die Brust getroffen. Für den Bruchteil einer Sekunde stand er regungslos, und grenzenloses Erstaunen spiegelte sich in seinen Zügen.

»Eric!« schrie Shelly. »Eric!»«

Sein Gesicht verlor jeglichen Ausdruck. Dieses sanfte und doch männliche Gesicht, das sie mit Küssen bedeckt und mit ihren Fingerkuppen erforscht hatte. Seine Lippen, die ihren Küssen einen berauschenden Sinn gegeben hatten.

Die Einkaufstüte rutschte aus seinen Händen.

Eric begann zu wanken.

»He, Mann!« brüllte Skank. »Schieß bloß nicht die Bierflaschen kaputt!«

Sie wieherten.

Shelly konnte nicht mehr aufhören zu schreien.

Die Einkaufstüte zerplatzte, als sie aufschlug, und der Inhalt rollte über den Fußboden.

Eric wankte heftiger. Wieder johlten die Kerle, als hätten sie nie im Leben größeren Spaß gehabt.

Schmerz und Entsetzen brachten Shelly an den Rand einer Ohnmacht, als sie mit ansehen mußte, wie sie Eric mit Schüssen vor sich hertrieben, nach nebenan, ins Turmzimmer. Nach jedem Einschuß sah es aus, als würde er nun endgültig zu Boden sinken. Aber eine unerklärliche Kraft hielt ihn auf den Beinen. Er streckte die Arme aus, aber das konnte Shelly nicht mehr sehen, denn sie hatten ihn schon zu weit ins angrenzende Zimmer getrieben.

»Verdammt!« kreischte Funboy. »Will der Scheißtyp denn überhaupt nicht krepieren?«

»Dann laß ihn fliegen lernen!« lachte T-Bird und zeigte auf das mannshohe runde Fenster.

Funboy brüllte vor Begeisterung. Auch Skank feuerte jetzt. Die Schüsse übertönten Shellys Schreie. Die Wucht der Einschläge schleuderte Eric auf das Turmfenster zu.

Auch nebenan, in dem großen Zimmer mit den damals so anheimelnden Fußbodendielen, war alles von Staub und Spinnengeweben überzogen.

Die weiße Perserkatze saß in der Mitte des Zimmers und blickte Eric aus großen, unbewegten Augen an.

»Gabriel!« hauchte Eric ungläubig, und in diesem Moment wurde ihm vollends klar, daß er sich an alles erinnerte. In dem Maße, wie seine Erinnerung wuchs, ließ der Schmerz in seiner Brust nach. Er begann zu begreifen, weshalb er hier war.

Er ging auf den Kater zu, kniete nieder und streichelte ihn. Gabriel schnurrte voller Behagen. Er hatte die ganze Zeit hier gelebt, auf sich allein gestellt. Er hatte gelernt, auf die Jagd zu gehen. Nagetiere gab es genug.

Ein Flügelschlag klatschte vom Fenster her.

Eric hob den Kopf und lächelte.

Die Krähe schwebte mit ausgebreiteten Schwingen herein. Die fernen Lichter der sterbenden Stadt erzeugten schillernde Reflexe auf dem Blauschwarz ihres Gefieders. Sie landete auf den Dielen neben dem Fenster, das nie repariert worden war. Eric spürte die frische Nachtluft, die hereinwehte.

Das Krächzen der Krähe und das Maunzen des Katers wechselten einander ab.

Beides zusammen löste den nächsten Blitz aus.

Die letzten Sekunden seines Lebens waren wie ein Film. Als er Glas und Sprossen des Fensterkreises durchbrach, geschah es wie in Zeitlupe.

Kopfüber flog er hinaus. Er breitete die Arme aus. Scherben und Holzsplitter begleiteten ihn ein Stück, dann wirbelten sie von ihm weg.

Unergründlicher Frieden erfüllte ihn auf dem Weg in die Tiefe. Er spürte die kühle Luft in den Wunden, und er schrie. Langgezogen hallte sein Schrei über der Stadt, und alle, die ihn erschauernd hörten, wußten, daß es der Schrei des Todes war.

Den Aufprall spürte er nicht.

Dank der grauenhaften Schmerzen hatte er das Bewußtsein verloren, bevor sein Körper auf dem Asphalt aufschlug.

In das Jetzt zurückgekehrt, wußte Eric plötzlich, was sein Schrei bedeutet hatte.

Die Ankündigung der Rache.

Schon zum Zeitpunkt seines Todes herrschte Gewißheit darüber, was heute, ein Jahr später, geschehen würde.

Doch die Erinnerungsarbeit war noch nicht abgeschlossen. Die Blitze, die die neuen Bilder ankündigten, wollten nicht enden. Er wurde in die Wohnung zurückversetzt, unmittelbar nach seinem Tod. Er stöhnte vor Qual, als er miterleben mußte, was sie Shelly antaten.

T-Bird kam aus dem Turmzimmer zurück. Seine Handlanger des Todes folgten ihm. Ihre Augen funkelten voller Vorfreude, als sie Shelly sahen. Tin-Tin hielt sie noch immer mühelos. Ihre Wange blutete.

Doch Shelly wußte, daß dies nur ein unbedeutender Kratzer war im Vergleich zu dem, was ihr noch bevorstand.

»Liebe und Tod sind die Konstanten der Ewigkeit«, erklärte T-Bird feierlich, doch mit hohntriefender Stimme.

»Na, dann!« lachte Tin-Tin. »Dann ist jetzt Nummer eins an der Reihe! Liebe!«

Er riß Shelly herum, und sie schrie auf. Er kontrollierte seine Aggressivität nicht länger. Mit den Handrücken schlug er ihr beidseitig ins Gesicht. Glühende Schmerzen durchzuckten Shelly und ließen sie verstummen. Die Wucht der Schläge schleuderte sie auf das Bett. Auch jetzt brachte sie keinen Laut hervor; ihre Stimmbänder gehorchten nicht mehr.

Mit einem Satz war Tin-Tin über ihr und zerrte an seiner Gürtelschließe.

»He, he, he!« grölte Funboy und packte ihn an der Schulter. »Erst bin ich dran!«

Tin-Tin ließ sich zur Seite ziehen; vor Funboy hatte sogar er Respekt. Lachend und schnaufend schwang Funboy sich über die wehrlose Frau. Den Revolver, mit dem er Eric umgebracht hatte, hielt er noch in der Hand. Doch Shelly war ohnehin wie gelähmt; sie wußte, daß das Grauen erst noch beginnen würde.

Nur vorübergehend verloren die drei anderen Kerle das Interesse, während Shelly von Funboy vergewaltigt wurde. T-Bird steckte sich eine Zigarette an. Skank hob Erics Bierflaschen vom Fußboden auf und reichte sie weiter. Tin-Tin öffnete die Kronkorken mit einem seiner Messer. Sie tranken.

»Halt mal, bis ich fertig bin«, sagte Tin-Tin und hielt T-Bird seine noch halbvolle Bierflasche hin.

T-Bird nahm sie ihm ab. Grinste. »Besorg's ihr, Mann.«

Mit wiegenden Schritten ging der schwarze Muskelmann auf das Bett zu, wo Funboy sich gerade aufrichtete.

Eric brauchte lange, um in die Wirklichkeit zurückzukehren. Sein Zorn war unermeßlich, seine Trauer grenzenlos. Doch nun wußte er auch, daß er alles, was er tun würde, für Shelly tat. Denn *sein* Tod war gnädig gewesen – verglichen mit dem Unvorstellbaren, das sie durchgemacht hatte. Er schwor sich, nicht die geringste Gnade walten zu lassen. In seiner Rache würde er nicht einmal einen Gedanken an das Wort Menschlichkeit verschwenden.

T-Bird und seine Bestien hatten es ohnehin aus ihrem Wortschatz gestrichen.

* * *

THE PIT war eine Kneipe, die sich vermutlich selbst dann noch im Viertel halten würde, wenn die Einwohnerschaft nur noch aus Ratten bestand. Das Personal war so anpassungsfähig, daß es sich sogar auf die Verzehrwünsche der langschwänzigen Nager würde einstellen können. Zur Zeit bestand die Kundschaft noch aus dem menschlichen Schrott, den die untergehende Stadtlandschaft gedeihen ließ.

»The Pit« bedeutete in diesem Fall »Die Hölle«, und die Stammgäste fühlten sich ausgesprochen wohl in dem Laden mit Sägespänen auf dem Fußboden, hämmerndem Rock aus überlasteten Lautsprecherboxen und einer Beleuchtung, die jedem Bordell zur Ehre gereicht hätte.

Stammgäste wie die Viererbande hatten mit dem Himmel sowieso nichts am Hut; also quartierten sie sich von vornherein in der Hölle ein. Und wenn die wirkliche Hölle so war wie diese nachgemachte, hier, in Detroit – o Mann, dann konnte einem ja überhaupt nichts passieren!

Mit dem Daumen der behandschuhten Rechten schnippte Funboy vier Patronen aus dem Magazin seiner Automatik. Zwei Waffen waren seine Standardausrüstung: ein Revolver, eine halbautomatische Pistole. Wo es auf Zuverlässigkeit ankam, war der Revolver erste Wahl. Ging es vor allem um Schnelligkeit, griff Funboy zur Pistole. Und bei den ganz heißen Jobs gab's dann ja noch immer die Möglichkeit, sich eine Uzi umzuhängen.

Funboy stellte die Patronen säuberlich vor vier aufgereihte Gläser mit Tequila. »Ich fange an«, entschied er selbstherrlich, verstaute die Automatik unter seiner Jacke und sah die anderen nacheinander an, um sich zu vergewissern, daß ihn auch jeder beachtete. Dann, als handelte es sich um die selbstverständlichste Sache der Welt, brach er die Patrone auf wie eine Contac-Kapsel, schüttete sich das Nitropulver in den Mund und kippte den Tequila hinterher. Deutlich hörbar mischte er Schnaps und Pulver im Mund, um dann beides hinunterzuschlucken. Er zog die Augenbrauen hoch und ließ die Augen leuchten, als würde sich nach dem brisanten Cocktail eine Sofortwirkung einstellen.

T-Bird nahm die nächste Patrone, das nächste Glas. »Auf die Nacht des Teufels!« sagte er, nachdem er das Gemisch verschluckt hatte. »Das ist mein neuer Lieblings-Feiertag.«

»Du bist ja verrückt!« lachte Tin-Tin. Er schnappte sich die nächste Patrone, brach sie auf und beeilte sich, die Pulver-Tequila-Mischung zu schlucken. Mitleidig wandte er sich Skank zu und sagte: »Schlappschwänze zuletzt.«

Skank reagierte blitzartig, als hätte er nur auf das Stichwort gewartet. Sein Gesicht war wutverzerrt, als seine Hand unter der Jacke hervorzuckte – mit einer riesigen AutoMag.

In dem Moment, in dem Tin-Tin die Mündung der Waffe unter dem Kinn spürte, hatte er ein Messer draußen, und die Spitze dellte Skanks Haut exakt dort ein, wo sich die Halsschlagader befand.

»Verdammtes Arschloch!« knurrte Skank.

»Ist doch gar nicht geladen, die Scheißkanone«, behauptete Tin-Tin, riskierte es aber trotzdem nicht, den Kopf zu bewegen.

Funboys Automatik zuckte empor. Er rammte Skank den Lauf unter den Kiefer. »Aber *die* ist geladen!« teilte Funboy fröhlich mit.

T-Bird ergriff Skanks Schießhand und drehte dessen AutoMag so, daß sie auf Funboy zielte. »Wollen wir mal wetten, daß diese *nicht* geladen ist?«

Funboy stand wie vom Donner gerührt.

Im nächsten Moment brachen sie alle in schallendes Gelächter aus.

Darla, die blonde Kellnerin, brachte ein Tablett mit neuen Drinks. Sie trug einen engen schwarzen Rock, der viel von ihren wohlgeformten Schenkeln zeigte.

»Hier ist euer Nachschub!« zwitscherte sie. »Aber tut mir einen Gefallen, Jungs, nehmt die Schießeisen runter.«

Sie johlten noch immer, aber da sie ohnehin die Lust an dem Spiel verloren hatten, erfüllten sie Darlas Wunsch.

Funboy griff nach ihrem Hinterteil, und in der Art, wie er es tat, lag eine deutlich erkennbare Vertraulichkeit. Ein

Besitzanspruch, den die anderen mitkriegen sollten. »Hi, Pussycat«, sagte er und lachte.

»Miau!« rief Tin-Tin.

»Fick dich!« schnaubte Funboy.

»Fick mich später.« Tin-Tin stand auf. »Ich hau jetzt ab.«

Erst jetzt, als der schwarze Muskelmann den Laden verließ, stürzte Skank seinen Patronen-Drink hinunter. Prompt verschluckte er sich, und als er in krampfhaftes Husten ausbrach, hatten die anderen einen neuen Grund, vor Heiterkeit loszuröhren.

* * *

Alles war noch so wie vor einem Jahr. Eric fand Kerzen und Streichhölzer und machte Licht. Die Krähe beobachtete ihn aus ihrem Winkel beim Turmfenster, während er die Schränke durchsuchte und schließlich jenes schwarze Trikot fand, an das er sich gut erinnerte. Auch das dazugehörige Cape war noch vorhanden.

Nachdem er das Trikot übergestreift hatte, ließ sich die Krähe mit einem Krächzen vernehmen. Es hörte sich anerkennend an. Eric drehte sich um. Die Augen der Krähe blitzten in der Dunkelheit. Gabriels weißes Fell schimmerte auf der anderen Seite des Zimmers. Der Kater hockte auf einem Schrank und beobachtete Erics Tun ebenso interessiert wie dessen gefiederter Freund.

Er gruppierte die Kerzen auf Shellys Frisiertisch, so daß er sich in dem zerbrochenen Spiegel betrachten konnte. Sein Blick streifte die Harlekinsmaske. Jemand hatte sie in ein leeres Regal gestellt. Die Bilder aus der Vergangenheit zuckten jetzt in kürzeren Intervallen auf, hieben wie grelle Blitze in sein Bewußtsein.

Shelly lag dösend auf der Couch, auf die Seite gerollt wie eine Katze. Auf Zehenspitzen schlich Eric heran. Er trug das schwarze Trikot, das Cape und die weiße Maske des Tragöden. Er beugte sich über sie.

»Buh!« machte er.

Schläfrig und wenig beeindruckt öffnete sie ein Auge. »An deinem Einschüchterungsquotienten mußt du noch ein bißchen arbeiten«, sagte sie und gähnte.

»Wirklich?« murmelte Eric, während er die Schachteln durchsuchte, in denen Shelly ihre Kosmetiksachen aufbewahrt hatte. Er nahm einen Lippenstift heraus.

Sie saß am Frisiertisch und formte die kirschroten Lippen zum Kuß, als sie Eric im Spiegel erblickte, wie er von hinten auf sie zutrat. Ihre Augen blitzten schalkhaft.

»Ich glaube, Rot ist meine Farbe. Meinst du nicht auch?«

Er fand die Blechdose mit der weißen Clownsfarbe, die sie immer für Halloween benutzt hatten. Er öffnete die Dose, griff tief in den pastigweichen Inhalt.

Eric betrachtete sein halbfertiges Werk im Spiegel. Das Weiß im Gesicht war noch ungleichmäßig, und die roten Linien in den Mundwinkeln sahen irgendwie anders aus als beabsichtigt.

»Du gehst als Vampir, was?« Shelly war unbemerkt hinter ihn getreten. Sie kicherte wie ein kleines Mädchen.

Eric fuhr auf dem Stuhl herum und tupfte ihr einen weißen Fleck auf die Nase.

Sorgfältig rieb er sich das Gesicht ein, und diesmal wurde es ein perfektes Weiß, die hundertprozentige Harlekinsmaske vom Haaransatz bis zum Halsausschnitt des Trikots. Zusätzlich zeichnete er mit rotem Lippenstift einen Blutfaden in den linken Mundwinkel; auf der anderen Seite trug er mit

schwarzem Lippenstift eine Linie in entgegengesetzter Richtung auf, so daß eine Hälfte der Maske lächelte.

Er stand auf und warf das Cape über. Gabriel machte einen Satz vom Schrank, lief auf ihn zu und schmiegte sich schnurrend an seine Beine. Eric beugte sich hinab und streichelte den Kater.

»Als wir uns das letzte Mal gesehen haben, war ich nicht so gut drauf, was, Gabriel?«

Der Kater miaute laut.

Eric lachte. »Ich wette, du vermißt das gute alte Katzenfutter aus der Dose. Habe ich recht?«

Gabriel blickte mit großen Augen zu ihm auf.

Eric trat an das Dachfenster, und die Krähe hüpfte auf seine Schulter.

Draußen braute sich ein Sturm zusammen. Erste Böen orgelten heran. Eric blickte hinaus auf die düstere Stadt. Es waren noch weniger Lichter zu sehen als vor einem Jahr. Die Menschen starben aus.

Sein weißes Gesicht leuchtete in der Dunkelheit, umrahmt von dem schwarzen Haar, das wie aus Draht gekraust war.

Er trat einen Schritt zurück. Als er die Hand vom Fensterrahmen löste, merkte er, daß er sich an einer Glasscherbe geschnitten hatte. Er betrachtete die Handfläche und sah einen großen, klaffenden Schnitt, der stark blutete.

Ungläubig beobachtete er, wie das Blut in die Wunde zurückfloß, als würde es von einer rätselhaften Anziehungskraft hineingesogen. Gleich darauf schlossen sich die Wundränder, und im nächsten Moment war seine Handfläche wieder so glatt wie zuvor. Nicht mal eine Narbe war zu sehen.

Die Krähe, auf seiner Schulter, trat von einem Bein auf das andere.

Eric überwand seine Verblüffung.

»Ja, ich komme«, flüsterte er.

Da flog die Krähe hinaus in den Sturm.

3

Rache

In dem Laden stank es nach kaltem Zigarrenrauch. Von nebenan, durch den Spalt einer Tür mit der Aufschrift »Privates», wehte der Geruch von Knoblauch, Oregano und Pizzateig herüber. Nur der vordere Teil des Ladens war ausreichend beleuchtet. Hier wurden hochwertige Stereogeräte, Autoradios und Fernsehapparate angeboten, alle weit unter Neupreis. Unterhaltungselektronik erzielte die besten Umsätze, und die Junkies waren darauf spezialisiert, aus den fernen Wohngebieten der Reichen neue Ware zu beschaffen. Die weniger attraktive Diebesbeute verstaubte in wandhohen Regalen im dunkleren Teil des vollgestopften Verkaufsraums.

So gut wie nichts in GIDEON'S PAWNSHOP war als Pfand hereingegeben worden. In der Gegend gab es niemanden mehr, der Wertsachen besaß, die sich in einem Leihhaus zu Geld machen ließen.

Tin-Tin schob den Kleinkram über den Tresen. »Hier sind noch ein paar Ringe, vierundzwanzig Karat.«

Gideon schob die Schirmmütze ein Stück höher, um einen der Ringe unter der Lampe zu betrachten. Er war ein rattengesichtiger, übergewichtiger Mann mit schwarzem Kinnbart. Auf dem Hemd, das sich über seinem Bauch spannte, zeichneten sich Flecken von Tomatensoße ab.

»Achtzehn Karat«, korrigierte er und ließ den Ring auf den Tresen fallen. »Schrott. Wahrscheinlich sogar nachgemacht.«

»Aber das Portemonnaie ist aus Leder.« Tin-Tin haßte es, mit dem Schleimer zu feilschen, aber es gab keinen anderen Hehler in Top Dollars Bezirk.

»Blutflecken«, stellte Gideon fest. »Fünfzig Bucks – obwohl ich eigentlich Geschäftsmann bin und kein Wohltätigkeitsverein.« Er zupfte fünf Scheine aus der Kasse und schob sie dem schwarzen Muskelmann hin.

»Du gottverdammtes Arschloch«, knurrte Tin-Tin. »So einen Scheißbetrüger wie dich sollte man . . .«

»Nimm es oder vergiß es«, unterbrach ihn Gideon. Er grinste ölig.

Tin-Tin sah ihn einen Moment lang mit zornfunkelnden Augen an. Gideon hielt dem Blick des Schwarzen stand. Der

Hehler wußte, daß sie ihn so schnell nicht umlegen würden, denn wenn sie es taten, hatten sie niemanden mehr, der ihnen ihre Sore abnahm.

Tin-Tin schnappte sich die Geldscheine und ging zum Eingang; dort drehte er sich um und zeigte Gideon den Finger.

Der Hehler quittierte es mit Gelassenheit. »Läßt du das Rollgitter für mich runter?« bat er.

Tin-Tin starrte ihn an. »Yes, Sir!« schnarrte er dann und war schon draußen.

Er griff nach dem Gitter und zog an. Laut ratternd fiel es herunter und knallte in die Schiene am Boden. Dann marschierte er die öde Straße hinunter – eine gefährlich aussehende schwarze Silhouette, die niemand anzugreifen wagte.

Er sah die Krähe nicht, die ihn von einem Giebel herab beobachtete. Und er hörte nicht, wie sie in den Nachthimmel aufstieg, denn ihre Schwingen verursachten diesmal nicht das leiseste Geräusch.

* * *

Eric sah seinen gefiederten Freund schon von weitem, denn die Wolkendecke hatte sich geöffnet und ließ das Licht von Mond und Sternen durch. Der Rabenvogel flog einen Bogen und klatschte ein paarmal auffordernd mit den Flügeln. Ohne Zögern begann Eric seinen Lauf auf dem Dach des verlassenen Calderone – Court – Gebäudes.

Das Nachbarhaus schloß sich unmittelbar an, mit einem langgezogenen Dach parallel zu der Seitenstraße, die Eric zu Lebzeiten nur aus der Fußgängerperspektive gekannt hatte. Er lief mit langen, federnden Schritten, und er wunderte sich über die Selbstverständlichkeit, mit der er sich in der schwindelnden Höhe bewegte.

Die Krähe flog flach über den Häusern, gelegentlich über der Straßenschlucht. Sie flog nicht so schnell, indem sie die Schwingen nur mäßig bewegte. Auf diese Weise konnte Eric mithalten. Doch unvermittelt sah er sich vor ein Problem gestellt, das er zu seinem eigenen Erstaunen nicht einkalkuliert hatte.

Vor ihm, am Ende des langen Dachs, klaffte eine Lücke. Das Nachbargebäude war gut zwei Meter entfernt. Er verlangsamte seine Schritte, zögerte. Auf einmal kam es ihm vor, als wolle sich die Krähe über ihn lustig machen, als wolle sie ihm vor Augen führen, wie begrenzt seine menschlichen Fähigkeiten waren.

Aber sie machte nicht etwa kehrt, um sich daran zu weiden, wie er an dem Hindernis scheiterte.

Die Krähe flog weiter.

Er mußte sich beeilen, wenn er nicht den Anschluß verlieren wollte. Seufzend setzte er sich wieder in Bewegung. Mit einem Blick in die Tiefe von sechs Stockwerken stellte er fest, daß es sich bei der Baulücke um eine Einfahrt zu den Hinterhöfen handelte. Lächerliche zwei, vielleicht zweieinhalb Meter! Jeder Leichtathlet würde über so was nur grinsen.

Rasch nahm er Anlauf. Sprang. Und schaffte es mit spielerischer Leichtigkeit. Verwundert über sich selbst, legte er Tempo zu. Wie mit der größten Selbstverständlichkeit sprintete er über Teerpappe und Schieferplatten, balancierte auf Firstpfannen und überwand klaffende Abgründe ebenso wie geringe Höhenunterschiede zwischen den Häusern nun ohne jedes Zögern.

Er hatte aufgeholt, war wieder wenige Meter hinter dem Rabenvogel. Dieser segelte mit weit ausgebreiteten Flügeln an Schornsteinen vorbei, über Dächer und Giebel. Nichts konnte ihn von seinem Ziel abbringen.

Eric sträubten sich die Haare, als sein Weg auf einmal abrupt endete. Das Ende des Daches vor ihm war wie die Kante einer Schlucht. *Endstation*, dachte er. Das nächste Dach lag zwei Stockwerke tiefer!

Die Krähe flog einen Kreis und krächzte ungeduldig.

Eric knurrte einen Fluch, schüttelte die Faust in die Richtung seines gefiederten Freunds, doch die Antwort war nur ein erneutes Krächzen. Eric runzelte die Stirn. Sollte er etwa springen? Glaubte dieses verrückte Federvieh allen Ernstes ...?

Wahrhaftig.

Er spürte, wie ihn die Gedanken seines fliegenden Wegbegleiters erreichten. *Du kannst es! Du kannst noch viel, viel mehr, Eric Draven. Warte nur ab!* Er holte tief Luft, konzentrierte sich – und riskierte es.

Das Cape bauschte sich im Fall. Er hörte den rauschenden Luftzug um sich herum, und es erinnerte ihn an jenen Abend vor einem Jahr, an dem er in den Tod gefallen war. Und doch war es anders diesmal. Er fühlte, daß er den Fall kontrollierte.

Er landete auf einem Flachdach aus Beton. In den Knien nachgebend ließ er sich nach vorn fallen und milderte den Aufprall zusätzlich, indem er sich mit den Händen abfing. Als er sich aufrichtete, war die Krähe verschwunden. Suchend sah er sich um, den Kopf in den Nacken gelegt, aber er konnte sie nicht entdecken, und das, obwohl der Nachthimmel dank dem Licht von Mond und Sternen noch immer aufgehellt war.

Unvermittelt wurde Eric von einem Gefühl der Eile gepackt. Es trieb ihn vorwärts, immer weiter auf dem Betondach. Er sprang auf das angrenzende Haus und rannte, ohne zu wissen, ob er noch auf dem richtigen Weg war.

Doch in diesem Moment verschwand das Bild von

Dächern, Schornsteinen, Straßenschluchten und fernen Lichtern vor seinen Augen.

Ein anderes Bild erschien. Schwarzweiß und mit einem extrem weiten Blickwinkel. Fast war es, als würde man nach links und rechts um die Ecke sehen.

Eric erblickte eine Straße, die an Hinterhöfe grenzte und auf eine Einmündung zuführte. Dort verbreiterte sich der Asphalt zu einem kleinen Platz. Er sah es aus der Höhe der Dachrinnen, und er befand sich ziemlich genau in der Mitte zwischen den beiderseitigen Dachkanten.

In diesem Augenblick wußte er es:

Er sah mit den Augen der Krähe!

Das erste, was ihm auf diese ungewohnte Weise ins Auge stach, war ein loderndes Feuer an der Straßenecke, dicht vor einem leerstehenden Haus. Das Flammen schlugen meterhoch aus einem alten Blechfaß, das einmal Öl enthalten haben mochte. Es war die primitive Art und Weise, mit der sich die Obdachlosen dieser Welt aufzuwärmen pflegten.

Aber hier war keine Menschenseele zu sehen.

Fast schien es, als hätten alle, die eben noch die Wärme ihres prächtigen Feuers genossen hatten, Reißaus genommen. Noch bevor Eric diese Überlegung zu Ende gebracht hatte, sah er den Mann. So, wie die Krähe ihn sah.

Vor dem Hintergrund des Flammenscheins war er wie ein scharfgezeichneter Schatten. Die Mantelschöße wehten bei seinen energischen, weit ausgreifenden Schritten. Er hatte einen Hinterhof verlassen, den er offenbar als Abkürzung benutzt hatte, und jetzt ging er in der Mitte der schmalen Straße auf das Feuer zu.

Eric erkannte ihn, obwohl er ihn nur von hinten sah und nur im ungewohnten Schwarzweiß des Krähenblicks.

Tin-Tin!

Das Schwarzweißbild schwand. Eric nahm die Umgebung wieder mit seinen eigenen Augen wahr; er erspähte die Krähe in Steinwurfweite, und zugleich explodierte das Gefühl des Hasses in ihm. Er hatte gesehen, wie dieser brutale Kerl Shelly gehalten hatte, wie er ihr das Messer an die Wange gesetzt hatte . . .

Er hatte sie vergewaltigt.

Und er hatte ihr furchtbare Wunden zugefügt.

Er verdiente keine Gnade. Absolut keine.

Die Krähe stieg auf und kehrte über den Dächern zu Eric zurück, um ihn erneut zu führen. Es waren nur noch drei Häuser, die er hinter sich zu bringen hatte; das Ende des Weges war durch eine Dachkante markiert.

Unten schritt der schwarze Muskelmann an dem Feuer vorbei.

Dies war die beste Gelegenheit, die Krähe hatte es richtig erkannt. Noch ein paar Sekunden, und er würde irgendwo auf der anderen Seite des Platzes verschwunden sein. Aber vier Stockwerke über Feuerleitern zu überwinden, dauerte viel zu lange.

Die Krähe landete auf dem Giebel auf der anderen Seite der Straßeneinmündung. Mit schräggeneigtem Kopf äugte sie herüber. Eric spürte den Impuls, betrachtete die auf so wundersame Weise geheilte Hand.

Und auf einmal wußte er, daß er es tun konnte.

Er sprang.

Abermals blähte sich sein Cape, als er in die Tiefe rauschte. Vier Stockwerke diesmal, und er wußte nicht einmal, wo er landen würde. Komisch jedoch: Es war ihm völlig einerlei.

Weil es keine Rolle spielte!

Mit dem Rücken schlug er auf. Erstaunlich weich. Unter ihm raschelte es. Mühelos stemmte er sich hoch; sein Gewicht quetschte Milchtüten und leere Plastikbehälter zusammen. Er war in einem Abfallhaufen gelandet, und was da raschelte, waren Ratten, die die Flucht ergriffen.

Nicht so die Ratte auf zwei Beinen.

Tin-Tin hatte das Aufklatschen und Rascheln gehört. Er verharrte, kreiselte herum. Das schwarze Leder seines Trenchcoats glänzte wie Lack, und im züngelnden Flammenschein stach das Weiß seiner Augen aus der Ebenholzhärte seines Gesichts.

Er starrte in die heiße, vibrierende Luft über den Flammen und blinzelte ungläubig. Er kniff die Augen zusammen, aber es war kein gottverdammter Traum, der Typ war wirklich.

Der Typ, der sich da wie schwebend näherte, war auch ganz in Schwarz. Aber am verrücktesten war sein schneeweißes Gesicht mit diesen idiotischen Strichen über und unter den Augen und dem noch verrückteren Gekritzel in den Mundwinkeln. Das Ganze sah aus wie so eine bescheuerte Maske, die Tin-Tin schon mal irgendwo gesehen hatte.

Und der Kerl grinste unverschämt, während er immer weiter auf ihn zukam. Sah verdammt so aus, als ob er Ärger wollte. Ausgerechnet mit ihm, Tin-Tin. Kein Schwein in der Gegend wäre auf so eine Idee gekommen. Weil's Selbstmord war. Mit dem Kerl stimmte was nicht; der mußte irgendwo entsprungen sein. Vielleicht, wenn man ihn einkassierte und ablieferte, gab's noch eine Prämie.

»Warum, zum Teufel, bist du so angemalt, du Arsch?« bellte Tin-Tin den Weißgesichtigen an. »Halloween ist erst morgen!«

Statt einer Antwort beschleunigte Eric seine Schritte. Er hielt direkt auf das Feuer zu. Dem Schwarzen klappte das Kinn herunter, so wenig konnte er es glauben. Dann aber reagierte er auf diese Wirklichkeit, die ihm ein Rätsel war. Der Verrückte wollte ihn tatsächlich angreifen!

Mit einem heiseren Knurrlaut erreichte Tin-Tin die Feuertonne, trat mit dem Fuß dagegen. Die Tonne kippte dem Angreifer entgegen, und das brennende Abfallholz rutschte auf den Asphalt. Die Flammen breiteten sich aus, sanken aber zugleich in sich zusammen.

Eric lachte laut und rauh, als er zum Sprung ansetzte. In diesem Lachen schwang sein ganzer Zorn mit, seine wilde Entschlossenheit, Rache zu üben. Hier und jetzt würde er den Anfang machen. Er sah Shellys Gesicht vor sich, wie das Blut aus der Wunde in ihrer Wange lief. Er sah alles, was sie hatte erleiden müssen, und seine Wut wuchs ins Unermeßliche.

Schlagartig begriff Tin-Tin; die Erkenntnis durchzuckte ihn regelrecht, als er den Haß in dem weißen Maskengesicht las. Tin-Tin griff unter das Trench-Leder.

Eric war schneller. Mit einem geschmeidigen Satz überwand er die Flammen. Sein Anprall schleuderte den Schwarzen zu Boden. Geschickt rollte Eric sich ab, kam hoch und schnellte herum – rechtzeitig. Tin-Tin war eben im Begriff, sich hochzustemmen. Eric sprang ihm auf den Rücken.

Der Schwarze brüllte vor Schmerzen, als er auf den regennassen Asphalt schlug. Eric handelte blitzschnell. Er stieß den Kerl mit dem Gesicht nach unten in eine Pfütze, und rittlings auf seinem Rücken hockend preßte er beide Hände auf den kraushaarigen Hinterkopf, um ihn zu ersäufen. Doch augenblicklich spürte Eric, wie sein Gegner in panische Todesangst geriet. Ein Aufbäumen war die Folge, das jähe Erwachen neuer Kräfte. Die Muskelpakete unter Eric explodierten buchstäblich. Er wurde emporgestoßen, reagierte jedoch instinktiv und warf sich zur Seite.

Ein Fausthieb des Schwarzen zischte ins Leere. Tin-Tin war im Begriff, hochzukommen. Aus einer Körperdrehung heraus hatte er zu dem Hieb angesetzt, blindlings, ohne seinen Gegner zu sehen. Nicht zu treffen, brachte Tin-Tin aus der Fassung. Er war zu langsam, als er dennoch versuchte, auf die Beine zu gelangen. Eric packte ihn von hinten, griff in den Kragen des Ledermantels und riß ihn herum. Mit einem Wutschrei knallte er ihn gegen das Eisengitter einer Hofeinfriedigung. Er griff ihm in die Haare und rammte seinen Kopf zwischen zwei Gitterstäbe.

»Mörder!« zischte er.

Tin-Tins Augen funkelten ihn an. »Ich habe keinen ermordet, Mann! Ich kenne dich nicht mal! Was willst du, verdammt noch mal?«

»Denk nach!« flüsterte Eric. »Ich bin sicher, du erinnerst dich an mich. Ich will, daß du mir eine Geschichte erzählst. Die Story ist ein Jahr alt; sie handelt von einem Mann und einer Frau in einer Dachwohnung.«

»Du hast sie ja nicht alle!« ächzte Tin-Tin. Er spielte den Angeschlagenen, doch insgeheim sammelte er sich für den Gegenangriff. Denn er merkte, daß das verrückte Weißgesicht abgelenkt war, zu sehr auf diese Sache vor einem Jahr konzentriert.

»Ihr habt sie umgebracht«, sagte Eric eisig. »Du und deine Freunde. An Halloween.«

»Letztes Jahr, Halloween, richtig«, entgegnete Tin-Tin, nur um etwas zu sagen, ohne sich wirklich zu erinnern. »Jetzt, wo du's sagst – so ein Typ und seine Schlampe, wer auch immer.«

»Du hast sie mit dem Messer gequält!« Erics Augen waren schmal. »Du hast sie vergewaltigt. Und du hast zugesehen, wie die anderen sie vergewaltigt haben!« Eric zitterte vor Wut.

Tin-Tin nutzte seine Chance. »Yeah, okay!« rief er herausfordernd. »Ich hab ihren hübschen rosa Arsch gefickt, Mann, und es hat ihr verdammt gut gefallen!«

Erics Schock stand schlagartig im Weiß seines Gesichts.

Viel wichtiger jedoch: Die Anspannung seiner Muskeln ließ nach; er war fassungslos über die Unverfrorenheit dieses Bastards.

Das war der Moment, auf den Tin-Tin gewartet hatte. Jäh spannte er die Halsmuskeln, und sein Kopf schnellte vor. Seine Haarwurzeln schmerzten, als Eric nachzufassen versuchte. Zu spät jedoch.

Die Stirn des Schwarzen traf ihn mitten ins Gesicht. Es war ein Schlag wie von einem Pferdehuf. Eric wurde zurückgeschleudert. Er schlug hin, schlitterte über den nassen Asphalt. Und erst jetzt wurde ihm richtig bewußt, daß er keinen Schmerz empfand. Nur die Wucht des Kopfstoßes war es, die ihn ins Hintertreffen brachte.

Vorübergehend?

Als er sich aufrappelte, schwand seine Hoffnung.

Tin-Tin war ein Stück zur Seite gewichen, um etwas aufzuheben. Es war ein rostiges Eisenrohr. Länge und Durchmesser entsprachen einem Männerarm.

Das Ebenholzgesicht des Schwarzen verzog sich zu einem teuflischen Grinsen. Er machte einen Schritt auf Eric zu und hob das Eisenrohr mit beiden Händen, als wolle er es ihm zeigen. Doch schon im nächsten Augenblick schnellte er los.

Gerade auf die Beine gekommen, schaffte Eric es nicht, auszuweichen. Er sah das Rohr kommen. Tin-Tin führte es mit beiden Händen, wie ein Schwert. Eric riß die Arme hoch, versuchte instinktiv sein Gesicht zu schützen.

Damit hatte Tin-Tin gerechnet. Während er das Rohr herabsausen ließ, änderte er mit einem kraftvollen Ruck die Richtung.

Der Hieb traf Eric knapp unterhalb der Rippen. Er stöhnte auf, wurde zurückgeschleudert und stolperte.

Tin-Tin war sofort zur Stelle. Wieder und wieder schlug er zu. Die furchtbaren Schläge, die jeden normalen Sterblichen umgebracht hätten, trafen seine Brust, seine Schultern, seine Oberarme. Er stürzte auf den Rücken, rutschte hilflos wie ein Käfer über den Asphalt.

»Du denkst, ich bin ein Mörder?« keuchte Tin-Tin. »Ich denke, da hast du verdammt recht, Mann! Weißt du was, ich erzähl dir alles übers Morden! Es ist ganz leicht! Es macht Spaß!«

Eric wartete auf die schnellen Schritte des Schwarzen, wartete auf die mörderischen Schläge, die ihm endgültig jeden Knochen im Leib zertrümmern würden.

Aber sie kamen nicht.

Statt dessen blieb ihm Zeit, wiederum staunend zu registrieren, wie seine Wunden verschwanden. Die gebrochenen Rippen und Schulterknochen richteten sich von selbst und wuchsen in Sekundenschnelle zusammen; er spürte, wie sich die Heilung in seinem Körper vollzog.

Er rappelte sich auf, mühelos, ohne die geringsten Schmerzen. Doch als er stand, erkannte er den Grund, weshalb ihm soviel Zeit geblieben war.

Tin-Tin stand sieben oder acht Schritte entfernt. Er wartete, bis Eric ihn richtig im Blickfeld hatte. Dann zuckten seine Hände unter die Mantelrevers. Mit kurzen, wirbelnden Reflexen kamen zwei Klingen zum Vorschein. Dann standen die Messer still, auf Eric gerichtet. Tin-Tin hielt eines in jeder Hand, und er ließ keinen Zweifel daran, daß er mit links genauso gut werfen konnte wie mit rechts.

»Jetzt lernst du meine kleinen Freunde kennen!« kündigte Tin-Tin triumphierend an. »Wir verfehlen unser Ziel niemals.«

Sofort schleuderte er die erste Klinge.

Eric sah das Messer, wie es blitzend auf ihn zuflog. Und er zuckte zur Seite. Haarscharf zischte das Wurfgeschoß an seinem linken Ohr vorbei; er spürte den kalten Luftzug.

Hinter sich hörte er den trockenen Ton, mit dem die Klinge in das Holz einer Haustür fuhr. Ein kurzes Schwirren zeigte an, daß die Klinge hin und her federte.

Überraschung breitete sich in Tin-Tins Gesicht aus. Aber er hatte ohnehin vorgehabt, den Kerl gründlich zu spicken. Also schickte er das zweite Messer auf die Reise, und noch während es flog, hatte er schon das dritte aus den Kreuzgurten gezogen. Und das vierte.

Eric klatschte in die Hände und fing Nummer zwei knapp vor seinem Gesicht ab. Er wußte jetzt, daß er Fähigkeiten besaß, von denen er bis vor einer Stunde noch nichts gewußt hatte. Er warf das Messer zur Seite und ging auf Tin-Tin zu.

Der Schwarze starrte ihn an wie einen Geist.

»Streng dich an«, riet Eric lächelnd. »Na los, versuch's noch mal!«

Tin-Tins verzerrtes Gesicht war eine Mischung aus Wut und Fassungslosigkeit, als er das dritte Messer warf.

Eric hieb es mit der flachen Hand von sich weg wie ein Tennisspieler den Ball.

Brüllend schleuderte Tin-Tin das vierte Messer. Und diesmal weiteten sich seine Augen vor Entsetzen, als er sah, was geschah.

Eric stoppte das Messer mit der Handfläche, packte es, drehte es um – und schleuderte es zurück.

Tin-Tin schrie auf, als sich die Klinge in seine rechte Schulter bohrte. Und bevor er etwas tun konnte, sprang Eric ihn an. Mit einem gewaltigen Satz erreichte er den völlig verwirrten und überraschten Muskelmann und schmetterte ihm den Unterarm vor die Kehle. Als er rücklings zu Boden schlug, schrie Tin-Tin zum letzten Mal.

Denn Eric war sofort über ihm, zog eines der Messer unter dem schwarzledernen Trenchcoat hervor und hielt die tödliche Klinge ins Licht von Flammen, Mond und Sternen.

Tin-Tin war verstummt, seine Augen flackerten vor Angst. Er konnte sich nicht erinnern, jemals Angst gehabt zu haben. Und dies war kein Traum, keine Halluzination, dies war die gottverdammte, furchtbare Wirklichkeit.

»Sind wir nicht alle Opfer?« sagte Eric, während er versonnen das Messer betrachtete.

* * *

Peitschende Rhythmen hämmerten aus dem Techno-Gewölbe des CLUB TRASH. Die Leiber der Tanzenden wogten dicht an dicht wie eine synchron gesteuerte Masse. Die Band, hinter Nebelschwaden und vielfarbig flutender Lichtorgie, powerte aus einer Anlage, die für ein Football-Stadion ausgereicht hätte.

T-Bird und Funboy bahnten sich ihren Weg am Rand der wogenden Masse entlang. An der Wand hingen gerahmte Fotos im Format vierundzwanzig mal dreißig Zentimeter. Rahmen und Glas der Bilder waren staubbedeckt. Den Besitzern, des Clubs kam es auf den Umsatz an, nicht auf die Sauberkeit.

T-Bird blieb vor einem Bild von HANGMAN'S JOKE stehen. Mit dem Mittelfinger wischte er Staub vom Glas, bis ihn Eric Dravens Augen klar und deutlich ansahen.

Sekundenlang starrte T-Bird das Bild an. Dann gab er sich einen Ruck. »Weiter!« rief er, als müsse er sich selbst ein Kommando geben. Funboy folgte ihm. Hier, in Top Dollars Hauptquartier, war er der personifizierte Respekt. Dies war der einzige Ort, an dem er keine dicke Lippe riskierte.

Vorbei an Leibwächtern, die sie nickend durchließen, erreichten sie die hinteren Räume, die dem Publikum durch Türen mit der Aufschrift »Staff only« – Nur für Mitarbeiter – verwehrt waren. Vor dem Treppenaufgang blieben T-Bird und sein Begleiter stehen. Es war ruhig hier, der Discolärm auf das Dröhnen der Bässe reduziert, die hier nur als leiser, in der Luft schwebender Tiefton zu hören waren.

Oben, wo Top Dollar seine privaten und geschäftlichen Gemächer hatte, ging eine Tür auf. Der Mann, der heraustrat, war Grange, ein hochgewachsener Schwarzer mit dem Blick eines Scharfschützen und einer Brille mit Titanrahmen. Grange war ein ehemaliger Söldner, hatte an den blutigsten Brennpunkten dieser Welt gekämpft. Sein neuer Brennpunkt war Detroit. Logisch, daß Top Dollar einen solchen Mann *gleich* zu seinem Assistenten machte, statt ihn erst im Fußvolk versauern zu lassen.

Grange bedeutete T-Bird mit einem Blick, die Treppe heraufzukommen. Funboy zog sich zurück. Grange und T-Bird trafen sich auf halbem Weg.

»Arcade Games gibt's nicht mehr«, sagte T-Bird mit einem bedauernden Grinsen. »Ist in die Luft gegangen – und weg.« Er klappte sein Zippo-Feuerzeug auf und steckte sich eine Zigarette an.

»Benutze den Aschenbecher«, ordnete Grange an. »Und ruf deine Soldaten zusammen. Ihr seid für morgen abend eingeplant. Klar?«

»Klar«, strahlte T-Bird. »Ich liebe Traditionen. Besonders solche, die mit Feuerwerk zu tun haben.« Er blickte nach oben. »Ist er da?« erkundigte er sich respektvoll.

»Er hat gerade eine Besprechung«, erwiderte Grange abweisend.

* * *

Das französische Luxusbett war der Mittelpunkt des großen Zimmers. Samt und Seide in dunklen Farbtönen waren die vorherrschenden Dekorstoffe. In einer Ecke befand sich die Dusche aus Glasbausteinen und schwarzen Fliesen. Wasser rauschte und dampfte.

Top Dollar saß auf der Bettkante, mit einem Hausmantel aus scharlachroter Seide bekleidet. Er achtete nicht auf die beiden nackten Frauen in seiner Gesellschaft. Die eine lag hinter ihm, auf dem Bett, mit dem Rücken zu ihm. Auch von Myca, in der Dusche, sah er nur die aufregenden Kurven ihrer Kehrseite.

Viel mehr interessierte ihn die Schneekuppel, dieses Souvenir von der Größe einer Kinderfaust. Es war mit Wasser gefüllt, aus Kunststoff und aus Plexiglas. Wenn man das Ding auf den Kopf stellte, rieselte der Schnee auf die Landschaft.

Ebendiese Landschaft hatte es Top Dollar angetan.

Er konnte sich einfach nicht satt sehen daran.

Es waren die Kreuze und die Gräber eines Friedhofs. Eine gespenstische Szenerie. Immer wieder ließ der Mann mit dem schulterlangen dunklen Haar den Schnee über die Grabkreuze rieseln.

Irgendwann in dieser Gedankenverlorenheit betrachtete er Myca in der Dusche. Sie bemerkte es. Das Rauschen des Wassers endete. In einer Dampfwolke, in ein Handtuch gehüllt, kam die Eurasierin heraus. Sie war Top Dollars Halbschwester, schlank und schwarzhaarig, fünfundzwanzig Jahre alt. Ihre mandelförmigen Augen hefteten sich mit unergründlicher Intensität auf sein Tun.

»Du denkst über die Vergangenheit nach«, sagte sie und glitt neben ihn.

»Dies hat mir mein Vater geschenkt«, sagte er mit seiner rauhen Baßstimme, die für Myca die gefühlvollste Stimme war, die sie je gehört hatte. »Zum fünften Geburtstag. Er sagte, die Kindheit ist in dem Moment vorbei, in dem man weiß, daß man sterben muß.«

»Das ist süß«, lächelte Myca. »Der Tod kann uns nichts anhaben, wenn wir uns ihm verweigern.« Mit einer Kopfbewegung deutete sie auf die nackte Frau auf dem Bett. »Schläft sie?«

»Ich glaube, wir haben sie gebrochen«, antwortete Top Dollar geistesabwesend, schon wieder mit dem Kinderspielzeug beschäftigt.

Myca beugte sich über die reglose Frau und öffnete das Lid ihres linken Auges. Das Auge war starr und leer.

»Ich liebe ihre Augen«, sagte Myca leise. »Sie sind so schön.«

Vom Tisch nahm sie einen Dolch mit ziseliertem Griff und einer geschwungenen Klinge mit einer nadelfeinen Spitze.

Myca schob die Klingenspitze auf den Augapfel der Reglosen zu. Die Hand der Eurasierin vibrierte nicht um den Bruchteil eines Millimeters.

* * *

Das Skateboard ratterte mit hoher Geschwindigkeit. Routiniert ging Sarah in die Kurve, wenn sie um eine Straßenecke bog, und mit zielgenauem Sprung überwand sie die Bordsteinkanten an Straßeneinmündungen.

Die Straßen dampften von der Feuchtigkeit des letzten Regenschauers. Aus den Kanaldeckeln stieg der Geruch von Fäulnis, und Ratten waren ohne Scheu mit den Abfällen in der Gosse beschäftigt. Vereinzelt, wo es noch Strom gab, brannten Lichter in den Häusern. In den dunklen Winkeln von Eingängen und Toreinfahrten kauerten Gestalten, die beim Hantieren mit dem Drogengeschirr auch ohne Licht zurechtkamen.

Die Musik aus den malträtierten Lautsprecherboxen war schon von weitem zu hören.

Sarah hielt direkt darauf zu. Neben dem Eingang des PIT bremste sie, indem sie das Skateboard senkrecht stellte. Sie nahm es mit hinein. Lärm, Tabakrauch und Schnapsgestank schlugen ihr entgegen. Die glasigen Augen der Trinker blieben teilnahmslos, konnten mit dem Anblick des kleinen Mädchens nichts anfangen.

Weit hinten, an einem Tisch in der Nähe der Theke, entdeckte Sarah ihre Mutter.

Darla saß auf Funboys Schoß und war intensiv damit beschäftigt, ihn bei Laune zu halten. Als sie ihre Tochter erblickte, verdrehte sie genervt die Augen. Widerstrebend wandte sie sich ihr zu. »Ich hab dir doch gesagt, du sollst hier nicht reinkommen!«

Sarah lehnte sich an die Tischkante. »Du kommst wohl wieder sehr spät nach Hause, Darla?«

Funboy beugte den Kopf und grinste an seiner blonden Reiterin vorbei. »Sie ist beschäftigt. Geh und spiel mit deinen Puppen!«

»Ich habe keine Puppen«, entgegnete Sarah trotzig.

Gereizt nestelte Darla in ihrer Tasche, brachte ein paar zerknitterte Geldscheine zum Vorschein und schob sie über den Tisch. »Kauf dir was zu essen, okay?«

»Mir hat schon jemand das Abendessen spendiert«, sagte Sarah, und mit einem giftigen Blick auf Funboy fügte sie hinzu: »Die Polizei!« Ohne eine Reaktion abzuwarten, wandte sie sich ab und ging zur Theke. Davon, daß Darla und Funboy froh waren, sie los zu sein, brauchte sie sich nicht zu überzeugen.

Roscoe, der bullige Barkeeper, erwartete Sarah; mit gespielt strenger Miene blickte er auf sie hinab. »He, Kind, zeig mir mal deinen Ausweis.«

»Roscoe!« stöhnte Sarah schmunzelnd. »Du nervst.«

Er lachte und gab ihr die Coke, die er für sie bereitgestellt hatte. Sarah hielt ihm das Geld hin, das Darla ihr gegeben hatte. Aber Roscoe schüttelte den Kopf. »Das geht aufs Haus, Kind, das weißt du doch.«

Sarah bedankte sich mit einem Lächeln und stopfte die Scheine in die Hosentasche. Sie drehte sich um, um zu sehen, was ihre Mutter mit dem Kerl trieb. Doch der Tisch, an dem die beiden gesessen hatten, war leer.

Roscoe seufzte. »Ich kann nichts dran machen. Deine Mom ist im Augenblick ziemlich weit weg.«

»Ja. Sehr weit weg.« Sarah war trotz allem enttäuscht, obwohl es nichts Neues für sie war. Absolut nichts Neues.

* * *

Kreisendes Rotlicht huschte über den brüchigen Asphalt und die Asphaltwände. Männerstimmen erfüllten die Straße, in die sich im Dunkeln sonst niemand hineintraute. Die meisten der anwesenden Polizeibeamten trugen Uniform; die Lichtkegel ihrer Stablampen geisterten in jeden Winkel. Einige Feuer brannten in geringer Entfernung in den Fässern. Unkenntliche Gestalten linsten von dort herüber.

Die Männer des Coroners wuchteten Tin-Tin zum Abtransport auf eine fahrbare Trage. Detective Lieutenant Torres und Sergeant Albrecht betrachteten den Toten.

In seiner Brust steckten sämtliche Messer aus seinen Gurten – bis zum Heft.

Sein Oberkörper glich einem großen, blutigen Nadelkissen.

»Ich gehe mal davon aus«, sagte Albrecht gedehnt, »daß wir einen natürlichen Tod als Ursache ausschließen können.«

»Wer ist dieser Sack voll Scheiße?« knurrte Torres.

»Das ist Tin-Tin, einer von T-Birds kleinen Handlangern.«

Torres schüttelte unwillig den Kopf. »Hat denn keiner von diesen Scheiß-Straßenkötern einen richtigen Namen – wie normale Erwachsene?« Er gab den Männern einen Wink. »Packt ihn ein!«

»Könnte sein, daß ihn jemand loswerden wollte«, mutmaßte Albrecht, während er den Beamten aus dem Coroner›s Office nachblickte. »Vielleicht ist das der Anfang eines Bandenkrieges. Wenn T-Bird von dieser Sache noch nichts weiß ...«

»Verschonen Sie mich«, schnitt Torres ihm das Wort ab. »Sie sind jetzt ein Streifen-Cop, Albrecht. Also verhalten Sie sich auch wie ein Streifen-Cop.«

»Ich nehme an, dafür darf ich mich bei Ihnen bedanken, was?« Albrecht starrte ihn wütend an.

Torres ging nicht darauf ein. Während er sich umsah, sagte er schroff: »Helfen Sie alten Frauen über die Straße. Nehmen Sie Penner fest, die in der Öffentlichkeit pinkeln. Backen Sie kleine Brötchen, und versuchen Sie nicht, meinen verdammten Job für mich zu erledigen – sonst geht Ihre Dienstmarke auf Dauerurlaub. Begriffen?« Mit ausgestrecktem Arm zeigte Torres unvermittelt auf die Wand, vor der Tin-Tin gestorben war. »Also, wie, in aller Welt, würden Sie *das* nennen?«

Die Umrisse einer Krähe waren mit Blut auf die Backsteine gezeichnet.

»Ich nenne es Blut, Lieutenant.« Albrecht deutete ein Grinsen an. »Sie können es aber auch Graffiti nennen, wenn Sie wollen.«

Torres klappte ein ledergebundenes Notizbuch auf und kritzelte etwas hinein. Ohne aufzublicken, knurrte er: »Sie sind außerhalb Ihres Bezirks, Sergeant. Sie können meinen Tatort jetzt verlassen.«

* * *

Gideons Augen glitzerten. Die Geldscheine knisterten in seinen fettigen Fingern. Aufgeregt drehte er die Zigarre zwischen den Zähnen. Dies war seine Lieblingsbeschäfti-

gung, jeden Abend, nach Geschäftsschluß. Wie es aussah, hatte es sich mal wieder gelohnt. Ordentlicher Umsatz an diesem Tag.

Plötzlich kreischte das Rollgitter vor der Tür. Jemand zog es hoch.

Gideon hob wütend den Kopf, sah nur eine schwarze Silhouette. »Verpiß dich!« schrie er. »Wir haben geschlossen!« Und weil so viele Latinos in der Gegend herumhingen, schrie er es auch auf spanisch: »Cerrado!«

Der Störenfried ließ sich nicht beirren. Er klopfte an die Tür.

Gideon griff in die Schublade unter dem Tresen und holte den großkalibrigen Revolver heraus. »Schlaf lieber irgendwo da draußen, du Stinker – wenn du nicht mit Blei vollgepumpt werden willst!«

Wieder klopfte es.

Gideon schüttelte entnervt den Kopf. Fassungslos über so viel dummdreiste Hartnäckigkeit, stürmte er hinter dem Tresen hervor, auf den Ladeneingang zu.

Die Tür hatte eine Milchglasscheibe; nur die Buchstaben von GIDEON'S PAWNSHOP waren klar und durchsichtig. Der Kerl draußen spähte durch die Buchstaben. Ein ziemlich blasser Junge. Gideon spannte den Hahn des Revolvers und richtete die Mündung auf seinen Firmenschriftzug.

»Verdammte Idioten!« keifte er. »Ihr lernt wohl nie dazu!«

Eric marschierte kurzerhand durch das Türglas. Im Klirren der Scherben, vor den Augen des entsetzten Inhabers, griff er nach dem Knauf und öffnete den Türrest, um den Einlaß zu vergrößern.

Im Sturzflug rauschte die Krähe herein. Flügelschlagend wie zur Landung streckte sie die Krallen von sich – Gideon mitten ins Gesicht.

Der Hehler heulte auf, kippte hintenüber und landete auf der Kehrseite, wobei er den Revolver verlor.

Die Krähe stieg flatternd zu den Deckenhalterungen auf, in denen Gideon weniger umsatzstarke Ware lagerte. Aus einem der Stahlbügel dort oben blickte der Rabenvogel interessiert auf das weitere Geschehen hinab.

Eric wischte sich Glassplitter ab und machte zwei weitere Schritte in den Laden. Mit einer ausladenden Geste und erhobenem Kopf zitierte er aus Edgar Allan Poes Gedicht »Der Rabe«: » . . .und zuletzt im Schlafe nickend, hört' ich plötzlich leise klopfen, leise, doch vernehmlich klopfen . . .« Er beendete das Zitat mit einem Lächeln. »Sie haben mich doch klopfen gehört, nicht wahr?«

»Ich kann nichts mehr sehen, du Bastard!« Gideon schrie es, obwohl es nicht stimmte, während er sich mit beiden Händen das vom Angriff der Krähe schmerzende Gesicht rieb. »Das ist Hausfriedensbruch, Einbruch und weiß der Henker was noch! Außerdem wirst du mir die Tür ersetzen!«

Eric trat auf ihn zu. »Ich brauche einen . . .«, er sah sich um, » . . . Verlobungsring.«

Gideon nahm die Hände vom Gesicht, tastete in fliegender Hast um sich, erwischte den Revolver und brachte ihn hoch. »Was du brauchst«, schrie er, »ist ein Leichenbestatter!«

Und er feuerte.

Der Schuß dröhnte.

Die Kugel schlug dem Schwarzgekleideten in die Brust, *durch*schlug sie und zerschmetterte einen Radiorecorder in einem Regal weiter hinten.

Gideons Augen weiteten sich, als er sah, was sich abspielte. Das Loch in der Brust seines unheimlichen Besuchers schloß sich, und der Mann schien selbst erstaunt darüber zu sein. Entscheidend aber war, daß die Wunde tatsächlich verschwand – vollständig verschwand.

Grauen packte den Hehler. Der Revolver, plötzlich zentnerschwer, fiel ihm aus der Hand. Zappelnd schob er sich weg, schaffte es, auf die Beine zu kommen. Er warf sich herum, hastete zum Tresen und riß einen Baseballschläger aus einem Ständer. Wenn eine Kugel nichts ausrichtete, dann mußte man diesem Hundesohn wenigstens den Schädel einschlagen können . . .

Zitternd vor Wut und Angst holte er aus, als der Unheimliche auf ihn zukam.

Eric entging dem sausenden Hieb mühelos. Behende sprang er auf den Tresen und schnellte zur Decke empor, wo er mit einem Klimmzug in einer der schachtartigen Deckenhalterungen verschwand.

Der Schwung des Baseballschlägers riß Gideon fast aus dem Gleichgewicht. Er gab einen quiekenden Laut von sich, der seine wachsende Panik widerspiegelte. Die Krähe krächzte spöttisch. Gideon stieß einen Wutschrei aus, hob den Baseballschläger und schüttelte ihn in die Richtung, in der er den Rabenvogel vermutete. Aber in dem Durcheinander von Kisten und Kästen dort oben konnte er so schnell nichts entdecken. Am allerwenigsten ein Wesen, das so schwarz war wie ein Schatten.

Auf dem Rückzug hinter den Tresen hieb Gideon Luftlöcher – in der verzweifelten Hoffnung, den mysteriösen Eindringling durch einen Zufallstreffer zu erwischen. Hinter dem Tresen fühlte er sich sicherer. Während er den Baseballschläger zum Zuschlagen bereithielt, griff er in die Schublade, aus der er zuvor den Revolver geholt hatte. Er brachte ein riesiges Bowiemesser zum Vorschein, legte es links auf den Tresen. Es war so lang wie ein Unterarm, und die Klinge war an ihrer breitesten Stelle so breit wie der Handrücken eines ausgewachsenen Mannes. Vielleicht half das: den Hundesohn in Stücke schneiden.

Etwas fiel herab.

Gideon erschrak zu Tode, fuhr zusammen wie unter einem Stromstoß. Er begriff nicht sofort, als er das maskenhafte Weiß vor sich sah – vor seiner Nase. Die Show, die dieser Mistkerl abzog, war einfach unglaublich. Kugelsicher ohne kugelsichere Weste! Und jetzt – vom Himmel fallen!

Im ersten Augenblick war Gideon wie gelähmt.

Das weiße Gesicht pendelte ein wenig.

Und grinste.

Es hing kopfüber. Irgendwo da oben hatte sich der Kerl mit den Kniekehlen festgehakt, und wegen seiner schwarzen Kleidung war im ersten Moment nur dieses gottverdammte Gesicht zu sehen gewesen.

Angst und Verzweiflung trieben dem Hehler Schweißperlen auf die Stirn, als er abermals mit dem Baseballschläger ausholte. Der keulenförmige Teil des Holzes schlug gegen eine Regalstrebe, rechts. Gideon fluchte, wollte erneut ausholen, mit mehr Schwung.

Aber da war es plötzlich, als würde der Schläger in einem Schraubstock festsitzen.

Gideon erstarrte. Sein flackernder Blick fraß sich an der grinsenden Maske fest. Und der übermächtige Griff des Schwarzgekleideten drehte ihm den Baseballschläger aus der Hand. Im nächsten Moment krachte ihm das Holz auf den Kopf. Er hatte das Gefühl, gegen einen Bulldozer gerannt zu sein, und er war sicher, augenblicklich von süßer Bewußtlosigkeit erlöst und aller Sorgen enthoben zu werden.

Irrtum. Wunschdenken.

Denn Eric hatte ihm den Schläger nur leicht auf den Schädel getupft. Er zog ihm das Ding weg und warf es zu Boden.

»Mr. Gideon«, sagte er vorwurfsvoll. »Sie sollten mir etwas aufmerksamer zuhören.«

Dann ließ er sich fallen. Landete genau vor dem Tresen.

Gideon blinzelte, verblüfft und unwillig, weil aus der rettenden Ohnmacht nichts geworden war. Benommen noch, griff er zum ältesten aller Mittel, ballte die Rechte zur Faust und hieb den weißen Grinser von sich weg.

Auch das war ein Irrtum. Siedendheiß wurde es ihm bewußt. Denn seine Faust hatte nichts berührt; wieder hatte er nur ein Luftloch geschlagen. Das Maskengesicht war so unglaublich schnell ausgewichen, daß es an ein Wunder grenzte.

Gideon wollte seinen Irrtum korrigieren, schlug gleich noch einmal zu.

Was er traf, war der Schraubstock.

Seine Faust steckte fest. Unverrückbar. Unentrinnbar. Er keuchte, schwitzte heftiger. Verzweifelt suchte er nach einem Ausweg. Als ihm das Bowiemesser einfiel, war es nicht mehr da, wo er es hingelegt hatte.

Seine Augen weiteten sich, drohten aus den Höhlen zu quellen.

Das Messer blitzte in der Hand des anderen.

Erics Bewegungen waren schnell und fließend. In dieser halben Sekunde, die ihm blieb, konnte der Hehler nicht einmal ansatzweise erfassen, was ihm bevorstand. Eric öffnete seine Faust, indem er sie auf den Tresen klatschte. Noch im selben Moment ließ er das riesige Messer herabsausen. Es gab einen dumpfen, harten Laut.

Gideons Handfläche war auf dem Tresenholz festgenagelt.

Er stierte auf die Klinge, wie sie aus dem Blut in der Mitte seiner Hand aufragte.

Erst nach einem Augenblick namenlosen Entsetzens gaben seine Sinne das Gesehene an seinen Verstand weiter. Und er kreischte, brüllte um sein Leben. Er hielt es nicht lange durch, konnte vor Schmerzen nur noch wimmern und schluchzen.

»Ich wiederhole«, sagte Eric schneidend. »Ein goldener Verlobungsring. Den hat einer Ihrer Kunden vor einem Jahr hier angeschleppt. Ein Typ namens Tin-Tin.«

Gideon heulte wie ein Kind. »Die Ringe sind alle unter dem Tresen, unten, in einer feuersicheren Box!« Wieder durchzuckte ihn der Schmerz, als er die festgenagelte Hand nur um den Bruchteil eines Millimeters bewegte. Seine Stimme stieg zum Diskant. »Aaah, Scheiße!«

Eric flankte über den Tresen, von Gideon weg. Er suchte die unteren Regalfächer ab. Unglaublich, was der Kerl hier alles aufbewahrte. Reihenweise Munitionsschachteln. Kerosin in Dosen. Schießpulver in Paketen. Eine schwere Schrotflinte – eine einläufige Riot Gun, Kaliber zwölf, mit Röhrenmagazin und Vorderschaft-Repetierer, Überlebensmesser, Schlagringe, Wurfsterne. Und eine Stahlkassette.

Eric ließ sich zwischen den Regalen zu Boden sinken und nahm die Kassette auf den Schoß. Das Schloß war nicht verriegelt. Er klappte den Deckel auf.

Gideon fing an, sich an die Schmerzen zu gewöhnen. Vorsichtig schloß er die linke Hand um den Messergriff. Doch die Klinge steckte so tief im Tresenholz, daß er sie hin und her bewegen mußte, bevor er überhaupt daran denken konnte, sie herauszuziehen. Er versuchte es dennoch; der Schweiß lief ihm über das Gesicht, und der Schmerz brachte ihn fast um. Jetzt mußte er gegen die Bewußtlosigkeit ankämpfen, die er sich zuvor gewünscht hatte.

Dutzende von goldenen Ringen schimmerten in der offenen Blechbox.

Eric spürte, wie bitterer Zorn in ihm aufstieg. Die Vorstellung, daß jeder einzelne dieser Ringe ein Schicksal bedeutete, verursachte einen brennenden Schmerz in ihm. Er betrachtete die Ringe. Einen nach dem anderen warf er hinter sich auf den Fußboden.

Gideon keuchte und stöhnte unablässig, mit der Befreiung seiner Hand beschäftigt.

Und dann fand Eric den Ring, der ihm so vertraut war wie kein anderer. Ein schlichter, schmaler Ring war es; er hatte sich damals dafür entschieden, weil nichts besser zu Shellys zarten, feingliedrigen Händen gepaßt hätte.

Blitze durchzuckten sein Bewußtsein.

Diesmal waren die Bilder nur kurz – wie flackernde Szenen auf einer Kinoleinwand, bevor der Film riß.

Er sah Shelly, wie sie sich in seine Arme schmiegte, im Kerzenlicht. Dann, wie sie sich ausschütten wollte vor Lachen, als er in der Küche das Ergebnis seiner Kochkunst zu retten versuchte – zwei hoffnungslos verkohlte Steaks. Er hörte ihr Kreischen, als er sie durch die Wohnung jagte und sie schließlich erwischte, im Schlafzimmer, wo sie prustend und nach Atem ringend aufs Bett fielen.

Und dann sah er Shelly in jenem stillen, geradezu feierlichen Moment, wiederum bei Kerzenlicht, wie sie die kleine Schachtel mit dem Ring öffnete. Mit leuchtenden Augen blickte sie zu ihm auf.

Seine Hand schloß sich um den Ring. Er rang nach Atem; es kostete ihn Kraft, den Schmerz der Erinnerung zu unterdrücken. Das angestrengte Gestöhn des Hehlers brachte ihn in die Wirklichkeit zurück.

Eric schob Shellys Ring über den kleinen Finger seiner linken Hand. Er nahm eine Handvoll Ringe aus der Kassette und verstaute sie in seiner Hosentasche. Dann schnappte er sich die Schrotflinte und fütterte das Magazin mit fünf dicken Patronen. Er riß ein Paket Schießpulver auf; den Inhalt verstreute er über den Fußboden, bis hin zu Gideon.

Der Schmierige bemerkte es nicht; zu sehr beanspruchte ihn das Ziehen und Zerren an dem Bowiemesser.

Eric sprang auf, mit der Schrotflinte und einem 5-Liter-Kanister Kerosin ausgerüstet. Beides zusammen behinderte ihn kaum, als er zurück über den Tresen flankte.

Das warnende Krächzen der Krähe empfing ihn.

Mit einem wilden Laut, in dem sich Schmerz und Erleichterung paarten, riß Gideon das Messer aus Holz und Hand. Er preßte die Linke auf die blutende Rechte.

Eric öffnete den Kanister und goß das Kerosin auf den Fußboden, bis zum Eingang hin. Erst als er zum Tresen zurückkehrte, erfaßte Gideon die neue Lage – die niederschmetternde Tatsache, daß ihm die befreite Hand nichts mehr nützen würde.

Eric lud die Schrotflinte durch, legte auf den Mann an. »Du hast noch eine einzige Chance, am Leben zu bleiben«, sagte er eisig.

Gideon zitterte und schwitzte, die Augen weit aufgerissen. »Bitte!« flehte er. »Du kannst alles nehmen, was du willst!«

»Danke«, nickte Eric, ohne die Waffe herunterzunehmen. Er lächelte. »Jetzt erzählst du mir erst mal, wo ich Tin-Tins Spielgefährten finde.«

Gideon stierte ihn an, reagierte nicht.

Eric packte die Kasse, hob sie hoch und schmetterte sie auf den Tresen. Ein Schwall von Münzen flog heraus und ergoß sich über den Hehler. Er zuckte zusammen, duckte sich in Erwartung des nächsten, schlimmeren Angriffs.

»Im Pit!« schrie er. »Im Pit! Da hängen T-Birds Strolche alle rum. O ja, Mann, und Funboy *wohnt* sogar da. Im ersten Stock.«

Eric nickte grimmig. Er schleuderte die leere Kasse zu Boden, daß es schepperte.

Gideon stieß einen quiekenden Laut der Angst aus. Abwehrend, den Kopf eingezogen, hob er die blutige Hand mit der gesunden.

»Funboy!« lachte Eric. »T-Bird! Hört sich an wie ein Club von Piraten, mit lustigen Piraten-Spitznamen!« Er packte eine offene Schmuckschatulle und warf sie an die Wand hinter dem Hehler.

»Aufhören!« flehte Gideon. »Aufhören! Herr im Himmel, hör doch endlich auf damit!«

Eric zeigte auf einen der Ringe. »Jeder einzelne davon steht für ein Leben, das du mitgeholfen hast zu zerstören!« Ruckartig stieß er die Schrotflinte ein Stück weiter vor. Die Mündung zielte dem Schwitzenden präzise zwischen die Augen. Eric zischte: »Du bist ein Parasit!«

Abermals duckte sich Gideon wie unter einem Hieb. »Töte mich nicht!« flehte er. »Laß mich am Leben, Mann, bitte!«

Eric stieß einen verächtlichen Laut aus. Mit der freien Hand griff er nach einer Fender-Gitarre, die in greifbarer Nähe hing. Es war seine Gitarre gewesen; die Mörderbrut hatte sie aus der Wohnung mitgenommen. Der Hehler schützte den Kopf mit den Händen. Er rechnete damit, daß der Unheimliche das Instrument als Schlagwaffe benutzen würde.

Doch Eric hängte sich die Gitarre um. »Ich werde dich nicht töten«, erklärte er. »Deine Aufgabe ist es, den anderen zu sagen, daß der Tod auf sie wartet. Heute abend.« Rückwärts ging er zur Tür und ließ dabei einen goldenen Ring nach dem anderen im Lauf der Schrotflinte verschwinden. »Und sage ihnen«, fügte er hinzu, »daß Eric Draven sie grüßen läßt.«

Gideon hob den Kopf. Als er den Unheimlichen bei der Tür sah, erwachte der Mut der Verzweiflung in ihm. »Wenn du erst mal hier raus bist«, kreischte er, »werden sie dir den Arsch aufreißen! Die machen dich fertig!« Er lachte schrill.

Eric lächelte nur. »Du hast *eine* Chance, wenn du überleben willst«, sagte er ruhig. »Nutze sie.«

Die Krähe kam im Sturzflug von der Decke und huschte durch die Tür. Im nächsten Moment war auch Eric draußen.

Gideon starrte an sich hinab. Neuer Schreck packte ihn. Ihm schlotterten die Knie. Er fühlte sich wie von einer Riesenfaust geschüttelt.

Denn er stand in einer Mischung aus Schießpulver und Kerosin.

In fliegender Hast warf er sich herum und floh zur Hintertür. Die Schmerzen, die in seiner Hand tobten, spürte er nicht, so gewaltig saß ihm die Angst im Nacken.

Eric hatte unterdessen die andere Straßenseite erreicht. Hoch über ihm, auf einem Dachfirst, wachte die Krähe. Aber es war niemand zu sehen. Niemand, der Eric daran gehindert hätte, den nächsten Schritt zu tun.

Er hob die Flinte, zielte und jagte die Ladung aus Schrotkörnern und goldenen Ringen in den Eingang des Leihhauses.

Ein Feuerblitz zuckte auf.

Wie ein brüllendes Ungeheuer erfaßten die Flammen sofort den ganzen Laden.

Auf der Rückseite des Gebäudes hatte Gideon gerade die Hintertür erreicht. Flammen griffen züngelnd nach ihm, und die Druckwelle schleuderte ihn meterweit vom Haus weg. Seine Hose hatte Feuer gefangen. Er landete in einem Abfallhaufen, und er war gezwungen, sich auf dem stinkenden Hügel hin und her zu wälzen, um die Flammen zu ersticken.

4

Die Freundschaft

GIDEON'S PAWNSHOP brannte lichterloh. Eric warf die Schrotflinte in das Flammenmeer und wandte sich ab. Es gab vereinzelte kleine Explosionen in dem Laden. Gideons Pulver- und Munitionsvorräte gingen in die Luft.

Eric kam nur zwanzig Schritte weit.

Eine metallische Stimme stoppte ihn. »Halt! Keine Bewegung! Keine Bewegung, hab ich gesagt!«

Eric gehorchte. Langsam, lächelnd wandte er sich zur Seite. Die Krähe kreiste über der Straße und ließ sich auf einem Haus nieder.

Sergeant Albrecht war hinter einem parkenden Wagen hervorgekommen. Er hielt den Dienstrevolver im Beidhandanschlag; die Mündung zielte auf Erics Brust.

Eric entspannte sich. Von diesem Mann ging keine Gefahr aus, das spürte er mit allen Fasern seiner wiedererwachten Sinne. Er konnte nicht aufhören zu lächeln. Obwohl er Albrecht nie persönlich begegnet war, kannte er ihn doch durch das Erinnerungsvermögen der Krähe. Albrecht war der Beamte, der Shelly und ihn gefunden hatte.

»Ich dachte immer, die Polizei ruft ›Hände hoch!‹ « Eric sah den hünenhaften Schwarzen an, als sei er enttäuscht von ihm.

Albrecht war sichtlich überrascht. Mit einem Auge versuchte er zu erfassen, was drüben bei dem brennenden Laden geschah. Einzelne Gestalten waren aus ihren Löchern gekrochen und beobachteten den brennenden Laden. Wenn es eine Gelegenheit gab, sich hier was unter den Nagel zu reißen, dann würde sie ihnen nicht entgehen. Mit dem anderen Auge bewachte Albrecht den seltsam kostümierten Mann. Er hatte gerade noch gesehen, wie er die Flinte ins Feuer warf.

»Ich *bin* die Polizei!« herrschte er Eric an. »Und ich rate dir, Schneeweißchen, beweg dich nicht! Wenn du dich bewegst, bist du tot!«

Eric hob die Hände, zeigte dem Sergeant die Handflächen und machte einen Schritt auf ihn zu. Albrechts Kampfeswille geriet ins Wanken.

Eric lächelte wieder. »Ich *bin* tot – und ich bewege mich doch.«

»Keinen Schritt weiter!« warnte Albrecht. »Ich meine es ernst.«

Aber Eric ließ sich nicht beirren. Er machte einen weiteren Schritt, dann beugte er sich vor und legte seine Stirn auf die Mündung des Revolvers. »Dann schießen Sie, wenn Sie möchten, Sergeant Albrecht.«

Albrecht wich zurück, völlig entgeistert. Er starrte den Weißgesichtigen an. Okay, vielleicht hatte der Bursche sein Namensschild lesen können. Aber in dieser Dunkelheit? Himmel, das war alles mehr als merkwürdig. Vorsichtshalber behielt Albrecht den Revolver im Anschlag.

»Mann, Sie müssen verrückt sein!« rief er. »In einen Revolver zu laufen! Sind Sie high?«

Eric ging nicht darauf ein. Er lächelte. »Erinnern Sie sich nicht an mich?« Er bewegte sein Gesicht im Flammenschein hin und her.

»Da ist Blut auf Ihren Klamotten«, stellte der Sergeant fest.

Eric überhörte auch das. »Ich erinnere mich an *Sie.*«

»Wovon reden Sie?« Albrecht furchte die Stirn.

Eric nahm die Gitarre vom Rücken. »Wie steht es mit Shelly Webster? Erinnern Sie sich an *sie*?« Zur Untermalung schrammte er einen Akkord auf der Gitarre; sie war immer noch gestimmt.

Albrecht starrte den Merkwürdigen an. Der Sergeant spürte, wie etwas in ihm wach wurde. Der Bruchteil einer Erinnerung. Doch er kam beim besten Willen nicht darauf, was es sein konnte.

»Sie *müssen* high sein«, sagte er überzeugt. »Shelly Webster ist tot, mein Freund. Also – Sie und ich werden uns jetzt nett und anständig hier hinsetzen und warten, bis meine Verstärkung da ist.« Er senkte die Stimme. »Weil mir diese Sache einfach zu verrückt ist.«

»Es wird besser«, entgegnete Eric. »Sehr bald werden Sie die Kopfschmerzen los sein, die Ihnen T-Bird und sein Pfadfinder-Club machen.«

Albrecht zählte zwei und zwei zusammen. Seine Dienstwaffe ruckte erneut hoch. »Sie haben Tin-Tin ermordet!« stieß er hervor.

»Ermordet?« entgegnete Eric kühl. »Wie kann man Mörder ermorden, die nie verurteilt, nie bestraft wurden? Die Ihnen ins Gesicht lachen? Ich sage Ihnen, wie es ist. Die sind alle schon gestorben – letztes Jahr an Halloween. Sie sind in dem Moment gestorben, in dem Shelly Webster starb. Die wissen es nur noch nicht.«

Aus der Ferne näherte sich Sirenengeheul. Albrecht drehte sich um. Die Leute waren in die noch nicht abgebrannten

Teile des Ladens vorgedrungen, bildeten eine Kette und schafften den brauchbaren Kram heraus.

»He, ihr da!« rief Albrecht. »Legt das hin! Und zurück von dem Laden! Dies ist ein Polizeieinsatz, und der Tatort gilt als abgesperrt!« Resignierend mußte er feststellen, daß keiner auf ihn hörte.

Als er sich umdrehte, sank seine Stimmung auf den Nullpunkt.

Der Komische war verschwunden – wie vom Erdboden verschluckt.

Das erste Rotlicht-Kreisen von Streifenwagen näherte sich, als Sergeant Albrecht dastand und sich kopfschüttelnd selbst verspottete. »Na schön. Ausgezeichnet. Gute Nacht.« Er warf die freie Hand hoch und ließ sie sich auf den Schenkel klatschen. »Da taucht so ein Bursche auf, der aussieht wie der Hauptdarsteller aus der Hölle, und du läßt ihn einfach laufen!« Rechtzeitig bevor einer der Streifenwagen neben ihm zum Stehen kam, schob Albrecht die Waffe ins Holster und seufzte. »Wenigstens ist er nicht durch Mauern gegangen oder übers Wasser spaziert; das hätte gerade noch gefehlt.«

Er sah die Krähe nicht, die aus dem Feuerschein in den dunklen Himmel flog.

* * *

Der Konferenzraum über der Discothek war ein Saal für mindestens fünfzig Personen; soviele fanden auf den Stühlen beiderseits des großen Tisches Platz. Wenn Top Dollar weitere Stühle aufstellen ließ, brachte er mehr als hundert Leute unter. Das war jedoch schon lange nicht mehr nötig gewesen, weil es keine generalstabsmäßigen Einsätze mehr zu besprechen gab. Die Zeiten waren vorbei. Heute hatte er alles im Griff.

Der Konferenztisch war leer.

Warme Lichtkreise schimmerten auf dem lackierten Edelholz. Top Dollar saß auf seinem Platz am Kopfende. Er drehte eine Zigarette aus Koka-Paste.

Neben ihm auf dem Tisch stand eine Kupferschale in einem gußeisernen Ständer. Eine hellrote, hoch aufsteigende Flamme brannte in der Schale.

Top Dollar hatte die Zigarette fertig gedreht. Gedankenverloren starrte er in die Flamme. Dann, mit einer beiläufigen Handbewegung, nahm er den Augapfel vom Tisch und warf ihn in die Kupferschale.

Es zischte, dampfte und brodelte. Eine weiße Wolke stieg auf, Brandgeruch breitete sich aus. Nach Sekunden sank der Dampf in sich zusammen; das Feuer brannte weiter.

Top Dollar stützte die Ellenbogen auf die Tischplatte und das Kinn auf die Hände. Schweigend starrte er in das Feuer in der Kupferschale.

Myca kam vom anderen Ende des Konferenztischs auf ihn zu. Sie trug einen trikotartigen dunklen Hosenanzug. Mit unbewegter Miene verharrte sie ihrem Halbbruder gegenüber vor dem zischelnden Feuer. Der Geruch war beißend.

Myca öffnete eine Phiole mit einer braunen Flüssigkeit. Sie goß die Flüssigkeit in die Schale. Erneut brodelte und zischte es. Rauch stieg auf. Myca blies die Flamme aus. Der Rauch veränderte sich, wölkte dick und dunkel empor.

»Jetzt«, sagte Myca.

Beide inhalierten gierig den mystischen Rauch.

Dann, als Top Dollar sprach, drangen sich kräuselnde Rauchfäden aus seinem Mund und seiner Nase.

»Es ist nicht genug«, sagte er leise, und seine Baßstimme vibrierte rauh. »Nicht mehr. Es ist einfach nicht mehr genug.«

»Langweilst du dich?« erkundigte sich Myca fürsorglich.

Er sah sie an. »Vorhersehbarkeit langweilt mich. Es ist die Nacht des Teufels, und wir zünden die Stadt an – na und? Ich meine, sieh dir all das Zeug hier an.« Er beschrieb einen Halbkreis mit der Hand. »Was kaufst du einem Mann, der schon alles hat? Was finde ich noch unter dem Weihnachtsbaum? Ja, es ist wahr: Wir befinden uns auf eingefahrenen Geleisen.« Mit einer theatralisch ausladenden Geste umfaßte er den Raum, als handele es sich um das Ergebnis seines größten Triumphs und seiner größten Niederlage gleichermaßen.

Myca sah ihm mitfühlend in die Augen. »Du möchtest aber doch kein Geringerer sein als der, der du geworden bist.«

Scharf sog er die Luft durch die Nase ein. »Ich möchte wieder hungrig sein«, flüsterte er.

»Sei vorsichtig mit dem, was du haben willst.«

»Ich weiß«, schmunzelte er. »Es könnte sein, daß ich es kriege.«

Myca schüttelte kaum merklich den Kopf; ihr Blick verdunkelte sich. »Es gibt Energien, die sich gegen dich wenden. Du könntest in den Mittelpunkt einer Katastrophe geraten – nicht jetzt, aber bald.«

Er furchte die Stirn; dann nickte er mit kalter Entschlossenheit. »Gut. Nur was man sieht, kann man glauben. das weißt du.«

Myca lachte. Sie beugte sich vor und sagte eindringlich: »Paß auf deinen Arsch auf.«

Ihm wurde das Gespräch lästig. »Paß du für mich darauf auf«, knurrte er.

»Mit Vergnügen.« Myca richtete sich auf.

* * *

Top Dollar lehnte sich in seinem Sessel am Kopfende des Konferenztischs zurück. Er breitete die Arme über den Lehnen aus und imitierte nicht unbeabsichtigt die Pose eines römischen Imperators während der Audienz für seine Günstlinge. Myca, seine persönliche Beraterin, stand mit hoch erhobenem Kopf neben dem Thron.

T-Bird hatte sich gerade melden lassen.

Grange führte ihn herein. »Gideons Pfandhaus ist abgebrannt!« rief er. »Bis auf die Grundmauern.«

Top Dollar setzte sich auf. Seine Stimmung änderte sich schlagartig. Er wechselte einen raschen Blick mit Myca und stellte die stumme Frage: *Ist das die Sache, die du vorhergesehen hast?*

Das Gesicht seiner Halbschwester blieb rätselhaft und ohne Reaktion.

Mit einer ruckartigen Kopfbewegung wandte er sich wieder den beiden Männern zu. Seine Stimme nahm einen scharfen Ton an. »Niemand hat sich bequemt, diese kleine Angelegenheit vorher mit mir abzusprechen.« Er zündete sich eine Zigarette an, stand auf.

»Ich habe damit nichts zu tun«, erklärte T-Bird eilfertig.

Top Dollar, schon auf dem Weg an ihm vorbei, blieb stehen und starrte ihn an. »Ach! Und du denkst, du bist damit aus dem Schneider?«

T-Bird zog den Kopf ein. Sein Blick war voller Unbehagen, als er Top Dollar beobachtete, wie dieser auf einen Wandschrank am anderen Ende des Raums zuging. T-Bird sah Grange hilfesuchend an, aber der hochgewachsene Schwarze bedeutete ihm lediglich mit einer auffordernden Kopfbewegung, die Geduld Top Dollars nicht zu sehr auf die Probe zu stellen.

Der Langhaarige im Seidenmantel hatte den Wandschrank geöffnet. Ein Arrangement von etwa zwanzig

Schwertern blitzte im Lampenlicht. Wertvolle Sammlerstücke waren es, unterschiedliche Arbeiten aus unterschiedlichen Epochen. Top Dollar entschied sich für ein Samuraischwert; er nahm es heraus und ließ es spielerisch durch die Luft zischen, während er auf und ab ging.

Myca war neben seinem Sessel stehengeblieben; sie beobachtete ihren Halbbruder mit unbewegter Miene.

»Tin-Tin hat sich fertigmachen lassen«, brachte T-Bird endlich hervor.

Top Dollar blieb stehen. Er senkte die Schwertspitze auf den Fußboden und starrte den Boß der Viererbande an. »*Wen* hat es erwischt?«

»Einen von meinen Jungs. Jemand hat ihm seine eigenen Klingen in alle lebenswichtigen Organe gesteckt, und zwar in alphabetischer Reihenfolge.«

Top Dollar verzog das Gesicht zu einer sarkastischen Grimasse. »Oh, dann sollten wir für den armen Tin-Tin auf jeden Fall eine Gedenkminute einlegen.« Er tat, als würde er in Stille verharren, doch er sprach schon nach einer Viertelsekunde weiter. »Du arbeitest morgen abend für mich. Ich brauche dein Talent fürs Anzünden.«

Bei dem Stichwort »Anzünden« klappte T-Bird mit zitternden Fingern sein Zippo auf, hob den erkalteten Zigarrenstummel, den er in der Hand hielt, und setzte ihn wieder in Brand.

»Du brauchst neues Personal«, fuhr Top Dollar fort. »Also rekrutiere es. Such dir einen Profi.« Er ließ das Schwert kreisen. »Irgendwelche Probleme?«

»Alles, was du sagst, kann ich ausführen«, antwortete T-Bird paffend.

»Das ist beruhigend.« Top Dollar stellte das Schwert senkrecht und legte seine Hände auf den Griff. »Ich habe noch immer nicht erfahren, warum Gideon abgebrannt ist.

Eine Naturkatastrophe? Oder höhere Gewalt?« Er sah Grange an. »Stille meinen Wissensdurst.«

Grange nickte; dann zog er T-Bird mit sich. Denn an Top Dollars Gesichtsausdruck war deutlich abzulesen, daß er jetzt allein sein wollte.

* * *

Es regnete wieder.

Sarah verließ das Pit, stieg auf das Skateboard und rollte los. Ihre Mutter hatte sich nicht mehr blicken lassen. Sarah hoffte jeden Abend, daß sich etwas ändern würde, daß Darla ein einziges Mal Interesse für sie zeigen würde. Aber jeden Abend war es das gleiche deprimierende Ergebnis.

Geh und kauf dir was . . .

Sarah schwenkte das Skateboard über die Bordsteinkante, zwischen zwei parkende Wagen, um wie gewohnt die Fahrbahn zu überqueren.

Sie graulte sich vor der leeren Wohnung, in die sie zurückkehren würde. Sie überlegte, wohin sie statt dessen gehen konnte.

Ein durchdringendes Hupen ließ sie aufschrecken.

Entsetzt sah sie das Taxi. Es kam von links. Und der Fahrer konnte unmöglich noch bremsen.

Die Motorhaube raste auf Sarah zu wie ein angreifendes Raubtier. Sie schrie. Sie konnte dem Zusammenprall nicht mehr ausweichen.

Jäh wurde sie hochgerissen.

Sie schwebte von dem Taxi weg, und sie sah, wie ihr Skateboard zwischen Vorder- und Hinterrädern des Cabbies hindurch auf die andere Straßenseite rollte.

Sarah zappelte. Sie schrie. Es war der Schock, der sie so reagieren ließ. »He, laß mich los, du Mistkerl! Loslassen! Hilfe!«

Eric tat es, und prompt landete Sarah mit dem Hintern auf der Bordsteinkante.

Wieder zuckte einer der schon vertrauten Blitze durch Erics Bewußtsein. Er lehnte sich nicht dagegen auf, ja, er war froh über diese Visionen, denn sie lieferten ihm die Erklärungen, die er noch brauchte. Sie füllten die letzten Lücken seiner nahezu vollständigen Erinnerung.

Sarah und Shelly kicherten am Frisiertisch wie zwei Verschwörerinnen. Sarah tupfte sich Make-up auf die Wangen. Dann wühlte sie in der Schachtel mit den Lippenstiften und entschied sich für einen scharlachroten. Als sie ihn auftrug, mußte sie noch mehr kichern, und prompt geriet sie mit dem Rot über die Lippen hinaus. »Langsam!« mahnte Shelly lachend. »Nicht so viel!«

Das Bild verblaßte. Eric lehnte sich an einen Lampenmast und rieb sich die Schläfen. Sarahs zornige kleine Stimme drang in sein Bewußtsein. Sie war aufgesprungen und schrie hinter dem Taxi her.

»Du hast nicht mal abgebremst, verdammter Scheißkerl!«

Natürlich konnte er es nicht hören, und sie mußte es einsehen. Müde wandte sie sich um. So erblickte sie ihren Retter zum ersten Mal.

»Er hätte es nicht mehr geschafft«, sagte Eric.

»Er war ein Schweinehund. Ich hätte es schaffen können.« Sarah musterte ihn stirnrunzelnd. »Was bist *du* denn? Ein Rockstar? Oder ein Clown?«

Eric lächelte; es war ein warmes und herzliches Lächeln. »Manchmal beides«, antwortete er.

Sarah spähte auf die andere Straßenseite. »Heute abend ist es mal wieder mehr Surfen als Skateboard fahren. Ich wollte, der Regen würde aufhören – nur *ein*mal.«

»Es kann nicht dauernd regnen«, erwiderte Eric.

»Ja, denke ich auch«, murmelte Sarah geistesabwesend. Sie war vor allem daran interessiert, ihr Skateboard in Sicherheit zu bringen.

Eric schloß die Augen und wandte ihr den Rücken zu, als sie über die Straße lief. Er brachte es kaum übers Herz, wegzugehen.

Aber er mußte es tun, denn er durfte nicht mit ihr zusammensein. Ein kleines Mädchen, das das Leben noch vor sich hatte, durfte sich nicht an ihn klammern. Denn genau das würde sie tun, wie sie sich damals an Shelly und ihn geklammert hatte – weil sie sonst niemanden hatte. Ihn packte der kalte Zorn, wenn er an ihre Mutter dachte.

Sarah bückte sich, um ihr Skateboard aufzuheben. In diesem Moment durchzuckte sie die Erkenntnis. Sie richtete sich auf, drehte sich um.

»Eric?« rief sie zaghaft.

Aber er war schon nicht mehr zu sehen.

* * *

Im Korridor vor seinem Büro legte Sergeant Albrecht die Akte, die er einer Kollegin im Archiv abgeschwatzt hatte, auf einen Heizkörper. Dann hängte er den triefend nassen Regenmantel und die Dienstmütze an den Haken. Es regnete immer zur falschen Zeit. Morgen abend, wenn sie wieder zu ihrer aberwitzigen Nacht des Teufels starteten, ja, dann würde sie der Regen ein bißchen am Zündeln hindern. Aber morgen abend würde es nicht regnen. Garantiert nicht. Immer geschahen die falschen Dinge zur falschen Zeit.

Die merkwürdige Begegnung vor GIDEON'S PAWNSHOP ließ ihn nicht los. Der Kriminalbeamte in ihm war wieder erwacht. Und, verdammt, es gab womöglich Zusammenhänge, die außer ihm niemand begreifen *konnte*. Lieutenant Torres am allerwenigsten.

Albrecht schnappte sich die Akte und betrat sein Büro. Er warf die Akte auf den Schreibtisch, knöpfte die Jacke auf, zog sie mit einem wohligen Laut aus und hängte sie über die Stuhllehne. Er knipste die Schreibtischlampe an und rückte den Styroporbecher zurecht, der ihm als Aschenbecher diente.

Auf dem Deckblatt des Schnellhefters war handschriftlich vermerkt, daß das Verfahren eingestellt worden war. Albrecht brauchte nicht zweimal hinzusehen, um zu erkennen, daß es sich um Torres' Handschrift handelte. Voller Spannung klappte er den Schnellhefter auf. Die Fotos nahm er sich als erstes vor. Die meisten Aufnahmen waren in der Wohnung gemacht worden, Format vierundzwanzig mal dreißig. Das verwüstete Apartment aus jedem nur erdenklichen Blickwinkel. Eine Nahaufnahme zeigte ein zerknittertes Dokument, mit einem von Tin-Tins Messern an die Wand gepinnt.

Albrecht nahm das nächste Foto in die Hand. Es zeigte Eric, tot auf dem Asphalt. Blut rann aus seinem Mund. Albrecht blätterte die Fotos weiter durch. Mehrere verschiedene Aufnahmen der Rockband HANGMAN'S JOKE waren dabei.

Ein Doughnut auf einem Pappteller schwebte auf den Schreibtisch herab.

Albrecht hob überrascht den Kopf.

Annabella, eine uniformierte Kollegin, stand vor seinem Schreibtisch. Sie war eine hübsche schwarzhaarige Frau mit eurasischen Zügen. »Du brauchst nicht danke zu sagen.« Sie zeigte auf die Fotos. »Kämpfen wir mal wieder für die gute Sache?«

Er nickte. »Doppelmord, vor einem Jahr. Keine Festnahmen, keine Verurteilung. Sieh dir mal dies an, Annie.« Er zog das Blatt Papier mit den noch deutlichen Knitterfalten aus der Akte. Ebenso deutlich war das Loch, von Tin-Tins Messer in das Papier gestochen.

Annabella nahm es und las murmelnd. »Wir, die Unterzeichneten ... Calderone Court Apartments ...« Sie hob den Kopf. »Was ist das? Eine Klageschrift?«

»Es ist ein riesengroßes ›Tritt-mir-in-den-Arsch-Schild‹ eines sehr hübschen weißen Mädchens. Sie hatte ein Gerichtsverfahren in Gang gebracht, und das Verfahren hat sie umgebracht.«

»Mein Gott«, sagte Annabella kopfschüttelnd. »Sie hat sich gegen eine Räumungsklage gewehrt. In so einem Viertel! Das darf doch nicht wahr sein!«

»Ist es aber.«

Er nahm die Klageschrift zurück und drückte seiner Kollegin ein paar Fotos in die Hand. »Miss Shelly Webster und ihr gutaussehender weißer Rock-'n'-Roll-Freund Eric Draven.«

Annabella betrachtete die Fotos kurz, ließ sie dann neben den Teller mit Doughnuts fallen. »Du weißt, daß es dich deine Detective-Dienstmarke gekostet hat, als du das letzte Mal in fremden Revieren gewildert hast.«

»Mhm«, brummte Albrecht. »Torres hört nicht auf, mich daran zu erinnern.« Er nahm sich eines der Fotos von HANGMAN'S JOKE vor, fischte einen Filzstift aus der Bleistiftschale und fing an zu retuschieren. Er malte das schiefe Lächeln in Erics Mundwinkel und verpaßte ihm gekraustes Drahthaar.

Er hob den Kopf, betrachtete sein Werk mit Abstand. »Das sieht gar nicht schlecht aus.«

»Du wirst bald Schülerlotse an einem Zebrastreifen sein«, warnte Annabella.

»Ich paß schon auf«, brummte er, ohne den Kopf zu heben.

»Der Doughnut ist mit Schokolade.« Annabella wandte sich zur Tür.

Albrecht erwachte erst eine Sekunde später aus seinen Gedanken. »Schokolade?« rief er erfreut.

In der schon offenen Tür drehte Annabella sich noch einmal um. »Du hast die Akte nicht von *mir*, verstanden! Und sag jetzt nicht, daß du mir einen Gefallen schuldest.«

Albrecht legte die Fingerspitzen auf die Lippen und blies ihr einen Kuß zu.

Annabella verdrehte die Augen; dann machte sie die Tür von draußen zu.

* * *

Der Regen rauschte vor dem offenen Fenster. Es war stickig warm in dem überheizten Zimmer.

Sie registrierten es beide nicht. Nackt auf dem verwühlten Bett, waren sie in ihre eigene, abgeschottete Welt versunken. Aus einem Radiorecorder wummerte Rockmusik.

Funboy schnippte mit der Fingerspitze an die Spritze, die er für Darla aufgezogen hatte. Er drückte einen feinen Strahl Heroin aus der Nadel, um sicher zu sein, daß keine Luftblasen mehr drin waren. Darla hielt ihm den Arm hin, und fachmännisch klopfte er auf ihre Vene, bis sie zum Vorschein kam. Dann setzte er die Spritze.

»O Baby!« stöhnte Darla. »Ja, o ja! Gib mir alles davon! Alles!«

Er drückte die Spritze leer, zog sie heraus und warf sie achtlos auf den Fußboden. Vom Nachttisch nahm er ein Phiole Crack, die er sich rasch reinzog.

»Morgen abend«, sagte er, »werden wir wieder high sein. Und von dem Fenster aus ...«, er streckte den Arm aus, lachte und zeigte auf das Regenrauschen, »... werden wir die ganze Scheißstadt brennen sehen.«

Darla kicherte. »Ich bringe Popcorn mit.«

Ein klatschender Laut ließ sie beide zusammenfahren. Ein Krächzen folgte, kaum zu hören im Dröhnen der Musik.

Überrascht, dann amüsiert, starrten sie auf die Krähe. Der große schwarze Vogel war auf der Fensterbank gelandet. Funboys Pistole lag auf dem Nachttisch. Er griff nach der Waffe und zielte scherzhaft auf den gefiederten Eindringling.

»Das ist ja ein richtiger großer Scheiß*v*ogel!« rief Darla und brach in prustendes Gelächter aus. Ihr Blick wurde glasig, und sie kippte zurück auf das Kopfkissen.

Die Krähe flatterte von der Fensterbank hoch, flog ein Stück und landete auf der Kommode, wo der Recorder wummerte.

»Der ist bestimmt aus dem Nest gefallen«, gluckste Funboy. »He, Vogel! Komm her! Na, komm schon, Vögelchen!« Mit lockenden, schnalzenden Lauten machte er weiter. Seine ganze Aufmerksamkeit galt der Krähe. Deshalb bemerkte er den Schwarzgekleideten erst, als dieser schon im Zimmer stand. Mit einer Gitarre auf dem Rücken.

»Hier, Funboy!« rief Eric, laut genug, um die Musik zu übertönen.

»Was, zum Teufel . . .« Funboys Kopf ruckte herum. Das Grinsen fiel ihm aus dem Gesicht. Er blinzelte, seine Augen weiteten sich. Ungläubig sperrte er den Mund auf und versuchte gegen die Wirkung der Droge anzukämpfen.

Seelenruhig löste Eric den Schulterriemen der Gitarre, nahm sie ab und lehnte sie an die Wand.

»Mann o Mann!« trompetete Funboy. »Jetzt hör aber auf mit dem Scheiß! Ich hab ja fast einen Scheißherzinfarkt gekriegt.«

Darla hob den Kopf und kicherte. »Sieh dir bloß mal diesen Typ an.«

»Reg dich ab. Das macht bloß der Stoff.«

»Das liegt *nicht* am Stoff«, widersprach Darla mit der Bockigkeit eines kleinen Mädchens. »Der Kerl verschwindet ja nicht!«

Funboy blinzelte heftiger; er schüttelte den Kopf, um klarere Sicht zu kriegen. Er bildete sich ein, daß es half. Er lud die AutoMag durch und hob sie in den Beidhandanschlag. »Es wird Zeit, daß du deinen komischen Vogel nimmst und abhaust, du Spinner!«

Eric öffnete sein Hemd und zog es auseinander. »Na los, schieß, Funboy. Du erwischst mich todsicher, kannst mich gar nicht verfehlen.« Er klatschte sich auf die Brust, um ihm noch einmal zu zeigen, wohin er zielen sollte.

Funboy schüttelte erneut den Kopf. Er schloß die Augen und öffnete sie weit. »Du hast ja einen Kurzschluß in der Birne, Mann! Sieh dich mal im Spiegel an. Du brauchst einen Arzt.«

Eric hob die Hand und lächelte.

Funboy zog die Waffe hoch und feuerte.

Der Schuß donnerte ohrenbetäubend, widerhallend in der Enge der vier Wände. Die Kugel schlug ein Loch durch Erics Handfläche.

»Bingo!« schrie Funboy. »Jeder Schuß ein Treffer!«

Die Krähe krächzte mißbilligend, hüpfte über die Möbelstücke und ließ sich auf der Fensterbank nieder, wo sie sich sicherer fühlte.

Eric ging weiter auf das Bett zu. »Guter Schuß«, nickte er anerkennend. »Absolut profimäßig.« Er hob die durchschossene Hand. Mit dem linken Auge spähte er durch das Kugelloch.

Blut floß zurück in die Wunde, und sie schloß sich in Sekundenschnelle, ohne daß auch nur ein Kratzer zurückblieb.

Funboy stierte ungläubig, bekam den Mund nicht wieder zu. Seine Augen weigerten sich, dem Gehirn mitzuteilen, was sie sahen. Er hielt es für eine Vision; es *konnte* nur eine Vision sein, und nur das verdammte Crack konnte die Ursache sein.

Darla stieß einen Entsetzenslaut aus. Während Funboy abermals die Waffe hob, nutzte die nackte Blondine die Gelegenheit, sich aus dem Bett zu wälzen. In panischer Hast floh sie quer durch das Zimmer, an Eric vorbei, ins Bad. Er hörte, wie sie die Tür verriegelte.

Funboy hatte keinen Spaß mehr an der Sache. »Komm, komm, Mann!« schrie er. »Entweder, du spielst jetzt ein Gitarrensolo für mich, oder du stirbst!« Er drückte ab, das Gesicht in grimmiger Entschlossenheit verzerrt.

Eric wich der Kugel aus, indem er die linke Schulter zur Seite drehte. Und er ging weiter auf das Bett zu.

Funboy kreischte und feuerte. Das Krachen der Schüsse vereinte sich zu einem einzigen, gewaltigen Donnern.

Dreimal hintereinander traf er den Schwarzgekleideten in die Brust. Eric zuckte jedesmal nur leicht zusammen wie ein junger Baum unter einem stärkeren Windstoß. Nach dem dritten Schuß versagte die AutoMag. Ladehemmung. Funboy fluchte.

Mit zwei schnellen Schritten war Eric am Bett. Die Wunden in seiner Brust schlossen sich bereits wieder. Er packte Funboys Handgelenk und drehte seinen Schießarm mitsamt Pistole nach unten.

Funboy keuchte vor Anstrengung.

Plötzlich ging die Pistole los. Die Kugel riß ein langes, klaffendes Loch in Funboys Oberschenkel.

Seine Stimme schrillte. »Mein Gott! O mein Gott!«

Abermals drückte er ab, ohne daß er es wollte. Aber der Schlagbolzen klickte nur noch leer.

Eric entwand ihm die Waffe und warf sie quer über das Bett auf den Fußboden.

»Du bist draußen«, sagte Eric, indem er sich über den Killer beugte. Mit einer Kopfbewegung zeigte er auf das blutüberströmte Bein. »Na, tut das weh?«

»Verdammt, ja!« kreischte Funboy. »Und *wie* das weh tut, du Arschloch! Du gottverdammter Clown! O Gott!« Er krümmte und wand sich vor Schmerzen. »Sieh dir bloß mal an, was du mit meinen Bettdecken gemacht hast!« Noch während er die letzte Silbe hervorstieß, kippten seine Augen in den Höhlen nach hinten. Er sank zurück, tauchte ab in Bewußtlosigkeit.

Die Krähe ließ sich mit einem langgezogenen Krächzen vernehmen; auf ihrem Zuschauerplatz auf der Fensterbank klatschte sie mit den Flügeln.

* * *

Zitternd vor Angst und Kälte hockte Darla auf dem Fußboden. Sie hatte sich in den Winkel zwischen Wand und Toilette verkrochen wie ein Kind, in der irrwitzigen Hoffnung, in diesem Versteck nicht gefunden zu werden. Das Rasiermesser, ihre einzige Waffe, hielt sie zwischen den Beinen. Sie fror erbärmlich, trotz der Wärme in der Wohnung.

Ein Krachen dröhnte durch das Badezimmer.

Darla schrie, barg den Kopf zwischen den Armen.

Die Tür flog auf. Eric hatte sie eingetreten, ohne daß es eine besondere Anstrengung gewesen wäre. Mit gleichmütiger Miene trat er ein. Er zog Funboy am Fuß hinter sich her wie ein soeben erlegtes Stück Wild. Er schleifte ihn an Darla vorbei, hob ihn auf und legte ihn in die leere Badewanne. Dann stellte er die Dusche auf eiskalt und drehte sie voll auf. Das Wasser rauschte auf den Bewußtlosen herab.

Eric trat auf Darla zu. Er streckte die Hand aus, um ihr

hochzuhelfen. Sie reagierte verzweifelt, panisch und von Todesangst getrieben.

Sie hieb mit dem Rasiermesser nach ihm.

Doch die Klinge verursachte nicht mehr als ein scharfes Zischen in der Luft. Eric war mühelos ausgewichen. Blitzschnell packte er Darlas Handgelenk. Sie schrie auf unter der Härte seines Griffs. Das Rasiermesser klirrte auf den Fliesenboden. Mit einem Ruck zog Eric die nackte Frau hoch.

Er hielt sie fest und drehte sie um, so daß sie sich im Spiegel sehen konnte. Und er hielt ihren Arm hoch. Die Einstiche der Injektionsnadeln waren deutlich zu erkennen. Darlas Blick flackerte vor Angst. Das furchteinflößende weiße Gesicht des Unheimlichen war unmittelbar neben dem ihren. Zu ihrem grenzenlosen Erstaunen spürte sie, wie die Furcht wich.

Eric sprach leise, wie er sie durch den Spiegel ansah. »Auf den Lippen und in den Herzen aller Kinder steht das Wort ›Mutter‹ für ›Gott‹. Hast du das verstanden?«

Er hielt ihren Arm fest umschlossen. Darlas Augen weiteten sich, als sie sah, wie die Einstiche sich plötzlich öffneten und eine Flüssigkeit herausströmte. Sie zitterte und wimmerte. Sie schrie vor Schmerzen. Sie durchlebte die Entzugserscheinungen innerhalb dieser Sekunde. Ernüchterung folgte. Dann – ein Glücksgefühl. Erstaunt und verwirrt sah sie Eric an.

»Was hast du . . . mit mir . . .? Wie hast du das gemacht?«

»Ein Zaubertrick«, antwortete er. Dann wurde er ernst. »Deine Tochter ist da draußen auf der Straße. Sie wartet auf dich.« Er ließ sie los. Ihr Schluchzen war wie ein Aufschrei, als sie hinauseilte.

Eric hatte eine Spritze hereingebracht.

Er hob sie ins Licht.

* * *

Der Verband, den er sich um die durchbohrte linke Hand gewickelt hatte, war ein blutiger Klumpen geworden. Seine Brandwunden hatte er nur notdürftig versorgen können. Dreck und Blut hatten sich zu den Fettflecken auf seinem Hemd und seiner Hose gesellt. Er sah aus, als wäre er gerade aus einer Mülltonne gezogen worden.

Aus einer brennenden Mülltonne.

Er hatte sich auf einen Barhocker geschwungen und war allein mit sich und seinem Zorn und seinem Schmerz.

Roscoe kannte den Hehler, der sich als Pfandleiher tarnte. Ein harter Bursche, dieser Gideon. Und niemand im Pit riskierte es, ihn neugierig zu mustern oder gar ein Wort an ihn zu richten. Selbst die rauhesten Kerle grölten angestrengt über die Witze, die an den Tischen erzählt wurden.

Gideon zitterte noch.

Wohl mehr vor Wut, das war klar. Und wahrscheinlich hatte er eine Kanone in der Tasche. Wer ihm jetzt mit dummen Fragen kam, der mußte damit rechnen, ein Loch in den Bauch zu kriegen.

Gideon leerte sein Glas, griff hinein und schleuderte die Eiswürfel über den Tresen.

»Wenn ich Eiswürfel gewollt hätte, hätte ich welche bestellt!« brüllte er. »Sehe ich vielleicht aus wie eine Schwuchtel? Los, schenk nach!« Ungeduldig hielt er dem Barkeeper das Glas hin. Mit der anderen Hand knallte er sein Kleingeld auf das blankgewetzte Holz des Tresens.

Roscoe wedelte respektvoll mit der Hand. Dann schob er dem Hehler die ganze Whiskyflasche hin. »Schenk selber nach, Macho.«

Gideon nickte grimmig, aber zufrieden. Er stellte das Glas hin, nahm die Flasche mit der gesunden Hand und füllte es bis zum Rand. Roscoe wischte sich Gideons Geld in die Hand und versenkte es in der Kasse. Er hob den Kopf, als er den Neuankömmling sah, und sein höfliches Begrüßungsnicken war fast eine Verbeugung.

Gideon bemerkte Grange noch nicht einmal, als er sich neben ihm an den Tresen lehnte. Und er *wollte* nicht sehen, wer es war. Er wollte *niemanden* sehen.

»Hast du dich verbrannt?« erkundigte sich der hochgewachsene Schwarze spöttisch. »Wohl mit Streichhölzern gespielt, was?«

»Hau ab«, knurrte der Hehler. Im nächsten Moment, als er sich zur Seite wandte, erkannte er den Schwarzen und zog verlegen den Kopf ein.

»Du hast eine Verabredung«, sagte Grange. »Trink aus.«

Die Aussicht erschütterte Gideons Rauhbeinigkeit. Trotzdem versuchte er, sein Image als harter Bursche aufrechtzuerhalten.

»Darauf scheiß ich doch«, grollte er. »Dies hier geht ja wohl vor. Soll ich auf die Knie fallen oder einen Knicks machen?« Er wandte sich an Roscoe, deutete mit einer Kopfbewegung auf Grange. »Bring ihm ein Glas Blut.«

Top Dollars Abgesandter wurde einer passenden Antwort enthoben.

Im ersten Stock knallten Türen. Ein Schrei war zu hören, hastige Schritte auf der Treppe folgten. Gleich darauf erschien Darla, noch nicht vollständig angezogen. Wie von Furien gehetzt, zerrte sie sich eine Jacke über, während sie schon quer durch die Kneipe zum Ausgang rannte.

»Hey, Darla!« rief Roscoe ihr nach. »Gute Nacht!«

Die Männer an den Tischen lachten. Einige riefen der blonden Frau obszöne Bemerkungen zu. Aber sie hörte nichts davon, war schon draußen in der Regennacht.

Grange reagierte schnell. Er wußte, was zu tun war. »Du bleibst hier«, befahl er dem Hehler. »Rühr dich nicht vom Fleck.«

Gideon zuckte die Achseln.

Auf dem Weg nach oben nahm Grange drei Stufen auf einmal. Er verlangsamte seine Schritte, als er sich der spaltbreit offenen Zimmertür näherte. Er zog die Automatik, hob sie mit beiden Händen.

Mit einer wirbelnden Bewegung war er im rechten Winkel vor der Tür. Trat sie auf. Stieß die Pistole vor. Und schnellte in den Raum.

Er überwand die Schrecksekunde nicht schnell genug, um sofort feuern zu können. Und ohnehin begriff er nicht, was er sah.

Die schwarzgekleidete Gestalt hockte auf der Fensterbank, die Beine schon nach außen geschwungen. Das schneeweiße Gesicht strahlte Grange an.

Der Unbekannte zwinkerte und winkte Grange zu.

Dann sprang er hinaus.

Regenrauschen vom offenen Fenster her und Softrock aus dem Radiorecorder waren die einzigen Geräusche.

Grange durchquerte den Raum, spähte angestrengt hinaus. Aber da war nichts als die Finsternis des Hinterhofs. Grange schwenkte die Waffe um hundertachtzig Grad, wobei seine Blickrichtung und die Zielrichtung des Laufs untrennbar eins waren. Aber es war niemand in der Wohnung, der ihm hätte gefährlich werden können.

Er fand Funboy im Bad.

Grange erschauerte.

Der Brustkorb des nackten Mannes war mit Einmalspritzen gespickt.

Als Grange auf ihn zutrat, öffnete der Sterbende noch einmal die Augen. Seine Lippen bewegten sich.

Grange beugte sich über ihn, um zu hören, ob er noch etwas zu sagen hatte.

* * *

Der Sprecher war in der linken unteren Bildhälfte des Fernsehers zu sehen, im regennassen Trenchcoat, mit einem windgeschützten Mikrofon. Er sprach in der aufgeregt-hastigen Art, die Fernsehreporter immer dann an den Tag legten, wenn über Katastrophen zu berichten war.

Wir befinden uns hier an der Ecke siebenundzwanzigste Straße und Washington Place, wo es die größte Menschenansammlung seit der letztjährigen Nacht des Teufels gab. Im Bild sehen Sie das Gebäude, das vom Feuer vollständig zerstört wurde . . .

Sergeant Albrecht schälte sich aus seinem Wohnzimmersessel. Auf dem Tisch lag die Akte, die Annabella ihm besorgt hatte. Albrecht streifte die fächerförmig verstreuten Fotos mit einem Blick, dann schlurfte er in die Küche. Er trug eine Jogginghose und ein T-Shirt, seine Feierabendsachen. Es war ein anstrengender Tag gewesen. Anstrengend und verwirrend. Er wollte nur noch alle viere von sich strecken, nichts weiter. Er nahm eine Dose Bier aus dem Kühlschrank. Okay, vielleicht gab's einen netten Film, den man sich noch ansehen konnte. Aber dann . . .

Ein dumpfer Laut drang aus dem Schlafzimmer.

Albrecht handelte entschlossen. Er stellte die Bierdose aufs Sideboard, und mit einem schnellen Schritt war er bei der Garderobe, wo das Holster neben der Uniformjacke hing. Er zog den Revolver aus dem Leder. Auf leisen Sohlen pirschte er durch das Wohnzimmer. Den Fernseher ließ er laufen.

Er wußte, daß das Schlafzimmerfenster offen war. Er öffnete es immer gleich, wenn er nach Hause kam, auch im kältesten Winter. Er brauchte frische Luft beim Schlafen.

Er stieß die Tür mit dem Fuß auf, den Revolver im Anschlag.

Im Halbdunkel war nichts zu sehen. Nur das offene Fenster vor dem helleren Hintergrund der abendlichen Lichter Detroits. Die Gardine bauschte sich im Luftzug.

Plötzlich sprang ein Schatten zwischen Bett und Fenster.

»Hände hoch!« peitschte eine Stimme. Ein Lachen folgte.

Albrecht unterdrückte die Reflexbewegung seines Zeigefingers im letzten Moment.

Das Weiß im Gesicht des Eindringlings war weniger grell als bei ihrer ersten Begegnung. Das machte der Regen. Wahrscheinlich.

»Himmel!« rief Albrecht. »Machen Sie das nie wieder, Mann!« Er ließ den Revolver sinken, denn er war längst auf Eric Dravens Seite, und er empfand eine unerklärliche Art von Dankbarkeit dafür, daß der Mann, der eigentlich tot sein mußte, ihn heute abend hier aufsuchte.

»Das nächste Mal kommen Sie durch die Tür«, sagte Albrecht, grinste und forderte Eric mit einem Schwenk der Revolverhand auf, ihm ins Wohnzimmer zu folgen.

Eric beugte sich über die Fotos auf dem Tisch. Er hob das eine auf, das der Sergeant retuschiert hatte. »Gut getroffen«, sagte Eric anerkennend.

Albrecht nickte erfreut. Er wandte sich ab, verstaute den Revolver im Holster, holte eine zweite Bierdose und kehrte mit beiden zurück. »Sie, mein Freund«, sagte er, »sind tot. Ich habe Ihre Leiche gesehen. Sie wurden beerdigt.« Er drückte Eric eine der Bierdosen in die Hand und ließ sich ächzend in den Sessel sinken. Er wischte sich mit dem Handrücken über die Stirn. »Ich habe Ihnen doch gesagt, daß Cops nicht ›Hände hoch!‹ rufen.«

Eric lächelte, legte das Foto zurück, wanderte durch das Zimmer und betrachtete interessiert die Einrichtungsgegenstände, die sich bei Albrecht im Laufe der Jahre angesammelt hatten.

»Sie sind gestorben, Mann«, sagte der Sergeant im Räuberzivil. Er drehte sich um, sah Eric an. »Ich komme damit nicht klar. Das ist ein Jahr her. Sie und Ihre Freundin wurden umgebracht. Sind Sie so was wie ein Geist?«

Eric setzte sich ihm gegenüber. »Buh!« machte er und lachte. Dann aber wurde er ernst. »Ich weiß nicht, was ich bin. Ich kann mich noch nicht an alles erinnern. Ich sehe Bilder – wie Filme aus der Vergangenheit, und ich kann mir den Rest zusammenreimen. Aber ich brauche Sie. Sie müssen mir erzählen, was mit Shelly und mir passiert ist.«

Albrecht lehnte sich zurück und riß seine Bierdose auf. »Sie sind aus dem Fenster gestürzt, sechs Stockwerke tief. Shelly wurde geschlagen und vergewaltigt. Sie starb im Krankenhaus.«

Eric starrte den Cop an. Ebendies hatte er nicht gewußt.

»He!« rief Albrecht bestürzt. »Sie haben danach *gefragt*, Mann! Lesen Sie die Akte. Shelly Webster hat noch dreißig Stunden auf der Intensivstation durchgehalten. Im Koma. Ihr Körper hat dann ganz einfach versagt.« Er seufzte tief. »Ich habe es gesehen. Und ich konnte nichts für sie tun. Rein gar nichts.« Er nahm den Schnellhefter vom Tisch und hielt ihn Eric hin.

Ohne den Blick von Albrecht zu wenden, richtete dieser sich auf. Mit einer mechanischen Handbewegung stellte er die Bierdose weg.

Einen Moment lang sah es aus, als wolle er Albrecht die Akte abnehmen, doch unvermittelt legte er seine Handflächen auf die Schläfen das Sergeants, die Daumen über seine Augen.

Ein unbarmherziger Blitz zuckte durch das Bewußtsein beider Männer. Und Eric sah die Helligkeit eines Operationssaals, die Chirurgen, Anästhesisten, OP-Schwestern. Er sah ihr angestrengtes Bemühen, ihre schweißtreibende Arbeit. Und er sah Shellys blutigen, geschundenen Körper auf dem Operationstisch.

Eric schrie wie ein waidwundes Tier. Sein Gesicht war vor Entsetzen verzerrt. Er wankte rückwärts.

Albrecht wollte aufspringen, ihn stützen.

»Rühren Sie mich nicht an!« rief Eric. Er griff nach der Sessellehne, hielt sich einen Moment. Und dann ließ er sich kraftlos hineinfallen.

»Was war das, um Himmels willen?« Albrecht musterte ihn besorgt. »Alles in Ordnung mit Ihnen?«

»Ich habe sie gesehen!« stöhnte Eric. »Ich habe sie durch Ihre Augen gesehen. Sie sind die ganze Zeit bei ihr geblieben.«

Albrechts Augen waren geweitet; er mußte sich eine Zigarette anstecken. Seine Hände zitterten dabei. »Sie müssen das verstehen«, sagte er leise. »Ich hoffte, sie würde durchkommen. Dann hätte sie mir vielleicht einen Hinweis geben können, eine Spur – etwas, womit ich hätte weitermachen können. Aber sie sagte nur ein Wort, bevor sie starb.«

»Meinen Namen«, hauchte Eric. Er verspürte ein innerliches Vibrieren. Die ganze Tragweite dessen, was vor einem Jahr geschehen war, wurde ihm jetzt klar. Was die Bestien Shelly zugefügt hatten, war unermeßlich in seiner Grausamkeit. Einen Atemzug lang bezweifelte Eric, daß eine Vergeltung überhaupt möglich war. Die Mörder würden nie ein solches Grauen durchmachen müssen wie Shelly.

Und doch mußte es geschehen.

Mit Tin-Tin und Funboy war er viel zu gnädig umgesprungen.

Albrecht inhalierte den Zigarettenrauch. »Hören Sie, Mann, ich kann Ihnen nicht sagen, wie leid mir das tut.«

Eric hob den Kopf. »Warum wurde nichts unternommen? Warum haben *Sie* nichts getan?«

Albrecht gab einen verbitterten Laut von sich. »Glauben Sie allen Ernstes, daß irgend jemand in der Nachbarschaft den Mund aufgemacht hat – nach dem, was geschehen war? Ich habe versucht, mit den Leuten zu reden. Ich wollte mich einfach nicht damit abfinden. Aber es kam nichts dabei raus: keine Spur, keine Beweise, keine Verdächtigen. Und das hat kein Schwein interessiert. Eigentlich durfte ich mich gar nicht darum kümmern. Ich war damals gerade aus der Kriminalabteilung rausgeflogen. Und mein spezieller Freund, Detective Lieutenant Torres, degradiert mich zum

Schülerlotsen, wenn er weiß, daß ich schon wieder die Finger drin habe.« Er zeigte auf die Akte. »T-Bird und seine Killertruppe waren es. Das ist so sicher wie das Amen in der Kirche.«

»Und so sicher wie der Tod«, nickte Eric. Er hatte sich beruhigt. Sein Blick fiel auf ein gerahmtes Bild. Er nahm es vom Tisch und betrachtete es. Ein jüngerer Sergeant Albrecht hatte seinen Arm um die Schulter einer attraktiven Schwarzen gelegt. »Ist das Ihre Frau?«

»Das war sie. Wir sind geschieden.«

Eric reagierte mit einem bedauernden Blick. Er legte das Bild weg. »Es ist komisch«, sagte er leise. »Die kleinsten Kleinigkeiten konnten Shelly richtig glücklich machen. Ich habe manchmal gedacht, das wären triviale Sachen. Aber Sie können mir glauben – nichts ist trivial.« Er beugte sich vor, nahm dem Sergeant die Zigarette aus der Hand, probierte einen Zug und gab sie zurück. »Sie sollten diese Dinger nicht rauchen. Die bringen Sie um.« Er stand auf, wandte sich zur Tür.

»Wollen Sie sich jetzt einfach wieder in Luft auflösen?« fragte Albrecht stirnrunzelnd.

»Ich befolge Ihre Anweisung«, entgegnete Eric sanft. »Diesmal benutze ich die Haustür.«

»Ich sollte Sie aufhalten.« Albrecht folgte seinem rätselhaften Besucher, der schon in der geöffneten Wohnungstür stand. »Hören Sie, es tut mir wirklich leid.«

Es tat Eric gut, das zu hören. Ein warmes Gefühl durchflutete ihn.

»Danke«, sagte er, bevor er die Tür schloß.

»Keine Ursache«, murmelte Albrecht. Er begriff nicht, was für ein Wesen dieser Eric Draven war. Aber eines wußte er: Die Sache dieses Mannes war gerecht.

5

Das Böse erwacht

Gideon war überzeugt, an der richtigen Adresse zu sein. Hölle und Teufel, ja, hier konnte er Dampf ablassen. Den Arschkriecher brauchte er nicht zu spielen. Wer war denn letzten Endes für die Sicherheit im Viertel verantwortlich?

Top Dollar.

Und sonst niemand.

Sie hatten Gideon ans andere Ende des Konferenztischs gesetzt, Top Dollars Thronplatz gegenüber. Myca beobachtete den bandagierten schmierigen Kerl von der Fensterseite des großen Raums her. Grange blieb in der Nähe der Tür, die zur Treppe hinausführte und sozusagen der Personaleingang war. Auch Gideon hatte diesen Eingang benutzen müssen. Top Dollars Anweisung lautete, daß seine Privatgemächer nicht durch den Straßenpöbel beschmutzt werden durften.

Der Herrscher über die dunkle Seite des Stadtgebiets ging vor Gideon auf und ab. Top Dollar trug einen maßgeschneiderten schwarzen Anzug aus federleichter Seide. Eine silberne Brosche glitzerte auf dem rechten Revers. Der Gesichtsausdruck des großen Mannes mit der dunklen Mähne zeigte gespannte Aufmerksamkeit.

Auch Grange war auf dem Sprung, weil er jeden Augenblick damit rechnete, Gideon wegen seiner Unverschämtheit eins aufs Maul geben zu müssen. Myca dagegen wirkte eher gelangweilt.

»Ich bin angestochen worden!« beklagte sich Gideon lautstark. Anklagend hob er die Hand mit dem blutigen Verband. »Ich hab auf den Hurensohn geschossen und ihn auch getroffen. Aber das Einschußloch hat sich wieder geschlossen. Und dann ist mein Laden in die Luft geflogen! Für mich ist der Tag also gelaufen, darf man wohl sagen, oder? Und dann kommt King Kong . . .«, er wies mit einer Kopfbewegung auf Grange, « . . .und schleppt mich hierher. Aber was passiert? Ich höre nicht ein verdammtes Scheißwort von Ihnen, was Sie jetzt zu unternehmen gedenken!«

Top Dollar wandte sich an Grange, während Gideon vor Aufregung keuchte.

»Er hatte eine Gitarre umhängen«, sagte der Schwarze mit der Titanbrille. »Er zwinkerte mir zu und sprang aus einem Fenster im vierten Stock – als ob er Flügel hätte.«

»Eine Gitarre?« wiederholte Top Dollar leise mit seinem rauhen Baß. »Musiker brechen einem das Herz.« Er drehte sich zu Gideon um. »Was hast *du* noch gesehen?«

»Erst mal würde ich gern wissen, was ich *kriege*!« empörte sich der Hehler. »Ich meine, irgendwie muß ich doch entschädigt werden! Ich hab schließlich alles verloren! Von irgendwas muß ich doch leben, oder?«

»Du hast *nicht* alles verloren«, korrigierte ihn Top Dollar. Drei Schritte von dem Hehler entfernt blieb er stehen und maß ihn mit einem kalten Blick.

»Ach nein?« blaffte Gideon ihn an. »Und vielleicht sind Sie auch gar nicht der Großkotz, für den alle Sie halten.«

»Fang auf!« Top Dollar griff in die Jackentasche; mit einer lässigen, beiläufigen Handbewegung warf er dem Schmierigen einen Augapfel zu.

Gideon gehorchte, hob die Hand und fing. Im nächsten Moment, als er sah, *was* er aufgefangen hatte, stieß er einen schrillen Entsetzensschrei aus, sprang auf und schleuderte das Ding von sich wie eine heiße Kartoffel.

Das Auge blieb auf dem Tisch kleben, nicht weit von Gideons Platz entfernt.

»Begrüße den letzten, der nicht bereit war, mit mir zusammenzuarbeiten«, verlangte Top Dollar.

»Das darf doch nicht wahr sein!« ächzte Gideon. Zitternd stand er da und bemühte sich, nicht auf den Tisch zu blicken.

»Alle Macht dieser Welt lebt in den Augen«, rief Top Dollar mit unvermittelt dröhnender Stimme. »Augen können nützlicher sein als die Leute, die damit herumlaufen.«

Gideons Empörung gewann erneut die Oberhand. »Sie sind ja verrückt, total verrückt!«

Top Dollar ignorierte es. »Das ist fast das Wichtigste, was ich von meiner Schwester gelernt habe.« Er blickte zu Myca hinüber.

Gideon folgte dem Blick mit ungläubigem Staunen. »Ihrer Schwester?« entfuhr es ihm mit einem kurzen Lachen.

»Ja, sie ist die Tochter meines Vater«, bestätigte Top Dollar. »Ich kann die Ähnlichkeit erkennen. Du auch?«

Gideon starrte ihn entgeistert an. Er begriff nicht, was geschah, als Top Dollar den Wandschrank öffnete und ein Schwert mit schlanker, gerader Klinge herausnahm. Die Klinge war gut einen Meter lang, der Griff groß genug für zwei Hände. Unvermittelt drehte Top Dollar sich um, und die Klinge flirrte durch die Luft. Gideon war viel zu verdutzt, um zu reagieren. Auf einmal spürte er ein feines Stechen, haargenau auf dem Adamsapfel.

Top Dollar drückte ihn mit der Schwertspitze in den Sessel zurück.

»O Scheiße!« hauchte Gideon. Er war kalkweiß geworden, japste nach Luft.

Und der Druck der Schwertspitze ließ nicht nach.

Top Dollar blickte über den blanken Klingenstahl auf ihn herab. »Sag mir *alles,* was passiert ist, als du diesen Mann gesehen hast.«

»Er hatte so einen großen schwarzen Vogel bei sich«,

antwortete Gideon eilfertig. »Das Scheißvieh hat mir beinahe das Gesicht zerhackt!«

Myca beugte sich interessiert über den Tisch. »Sie haben einen Vogel gesehen?«

Gideon wurde noch eifriger. »Der Kerl sagte, ich soll T-Bird ausrichten ›Der Tod ist auf dem Weg‹. Weiß der Teufel, was er damit gemeint hat.« Seine Augen hefteten sich auf das Schwert. »Können Sie das Ding nicht mal ein bißchen zurücknehmen?« Er dachte angestrengt nach. »Draven!« rief er dann. »Ja, das war's! Er sagte, sein Name wäre Eric Draven!«

Top Dollar schüttelte den Kopf. Er war ganz und gar nicht überzeugt von dem, was der Schmierige da ausspuckte. »Und dieser Vogelmann hat dich am Leben gelassen? Könnte es nicht vielleicht sein, daß du dir diesen ganzen Quatsch nur ausdenkst, um deinen Arsch zu retten?«

»O Scheiße, nein!« jammerte Gideon. »Ich bin nicht bekloppt genug, um mir so einen Schwachsinn *auszudenken*!«

»Ein Junge und sein Vogel«, sagte Top Dollar spöttisch. »Wie anrührend! Das wirkt. Da ist ja Musik drin.« Er drehte sich um, ließ das Schwert sinken.

Und wirbelte im nächsten Moment herum.

Das Schwert flog hoch.

Er hielt es beidhändig.

Gideon war zu überrascht, um zu begreifen. Er brachte nicht einmal mehr einen Laut des Entsetzens hervor.

Mit einem wilden Schrei stieß Top Dollar zu. Das Schwert steckte bis zur Hälfte in Gideons Kehle.

Der Hehler war nicht sofort tot. Den Klingenstahl im Hals, gab er gurgelnde Laute von sich. Seine Arme zuckten, während das Blut aus ihm herausströmte.

»Niemand!« rief Top Dollar knarrend. »Niemand dringt

in mein Gebiet ein! Vor allem nicht jetzt!« Angewidert blickte er auf den Würgenden hinab. »Na los! Stirb schon, du Arschloch!«

Er nahm die Waffe, die Grange ihm hinhielt, eine schwere Automatikpistole aus Edelstahl. Zweimal hintereinander zog Top Dollar durch. Unter den Einschüssen zuckte der massige Körper des Hehlers zusammen. Dann rührte er sich nicht mehr. Top Dollar gab seinem Vertrauten die Waffe zurück.

Grange schob sie ins Holster und sah Top dabei an. »Funboy sagte auch, er hätte einen schwarzen Vogel gesehen. Einen großen schwarzen Vogel. Er hat darüber gelacht. Und dann ist er an seinem eigenen Blut erstickt.«

Top Dollar zog die Augenbrauen hoch. Ihm wurde klar, daß Gideon die Wahrheit gesagt hatte. »Verdammt«, murmelte er.

»Brauchst du ihn noch?« erkundigte sich Grange, indem er auf den Toten zeigte.

Top Dollar schüttelte den Kopf.

Myca rümpfte die Nase; allein die Vorstellung, den Schmierigen anzufassen, bereitete ihr Übelkeit.

»Dann schicke ich den Hausmeister rauf«, sagte Grange, schon auf dem Weg zur Tür.

* * *

Die Krähe war bei Eric, als er mit der Gitarre und einem seiner Verstärker auf das Dach des Hauses stieg. Die Krähe war Eric näher als zuvor, und sie zeigte es auch äußerlich, indem sie sich auf seiner Schulter niederließ.

Eric blickte schweigend in die Dunkelheit. Aus den Straßenschluchten Detroits drangen schrill die Polizeisirenen herauf. Ferne Feuer waren zu sehen. Nur wenig Lichter.

Eric schlug die Saiten an. Das Instrument war ihm

vertraut. Er schickte klagende Töne über die Dächer. Die Akkorde ließen seinen Schmerz und seinen Zorn erklingen. Er hüllte sich ein in den Klang der Gitarre, und er hörte die Laute der Stadt nicht mehr.

Die Krähe spürte, was Eric durch seine Musik ausdrückte. Sie spürte es deutlicher, als jedes Wort es auszudrücken vermocht hätte. Und sie war entschlossen, ihre ganze Kraft einzusetzen, um das Werk der Rache gemeinsam mit ihm zu vollenden.

* * *

Sarah floh aus dem Regen in die Wohnung, die ihr Zuhause hätte sein können. Ihre Schritte hallten hohl durch die Räume, die so selten mit Leben erfüllt waren. Sie betrat das Wohnzimmer und öffnete ein Fenster. Ein vorübergehender, flüchtiger Aufenthaltsort war dieses Apartment, für Darla genauso wie für sie, Sarah. Selten hatte sie das als so niederschmetternd empfunden wie an diesem Abend.

Denn sie hatte Eric gesehen.

Es *war* Eric gewesen, nicht etwa jemand, der ihm nur ähnlich sah. Sarah wußte, daß sie sich nicht täuschte. Und die Tatsache, daß er auf einmal spurlos verschwunden war, bestätigte ihre Gewißheit nur noch.

Über eine Erklärung dachte sie nicht nach. Shelly hatte ihr einmal aus einem Buch vorgelesen. Daß es zwischen Himmel und Erde Erscheinungen gab, die Menschen nicht verstehen *konnten*. Und Shelly hatte hinzugefügt, daß das Verstehen auch nicht wichtig sei. Was zähle, sei allein das Empfinden, die gefühlsmäßige Seite. Die komme bei Menschen oft viel zu kurz.

Eric zu erblicken, wenn auch nur in einer Vision, ließ Sarah den Schmerz wieder aufleben, den sie seit einem Jahr zu überwinden versuchte.

Shelly war alles für sie gewesen – große Schwester, Freundin, Lehrerin, vor allem aber: Mutter. Zwei Jahre lang waren sie fast jeden Tag zusammengewesen. Und Eric war ein so verständnisvoller Mann gewesen; er hatte es vom ersten Tag an geduldet, daß Shelly eine kleine Schwester, Freundin, Schülerin und Tochter hatte. Ja, er hatte Sarah genauso in sein Herz geschlossen, und er hatte gesagt, daß es eine gute Vorbereitung auf jene Zeit sei, in der sie einmal eigene Kinder haben würden. Bei solchen Gesprächen ist es dann regelmäßig schnell albern geworden. Shelly hatte verkündet, daß sie mindestens fünf Kinder wolle, und Eric hatte einen Schreikrampf simuliert. Sarah hatte dann geschlichtet, indem sie mit den beiden Tarifverhandlungen über die Höhe ihres Stundenlohns fürs Babysitten anfing.

Tränen liefen über Sarahs Wangen.

Das vergangene Jahr war die schlimmste Zeit ihres Lebens gewesen. Sie hatte sich nie einsamer gefühlt, und sie hatte sich nie sehnlicher gewünscht, ihre Mutter möge nur ein wenig von Shelly haben. Damit, daß sie ihren Vater nie kennengelernt hatte und auch nie kennenlernen würde, hatte sie sich abgefunden. Sie wußte, daß es unendlich viele Kinder gab, die allein mit ihrer Mutter aufwuchsen und trotzdem ein Familienleben hatten. Sie wußte, daß auch Darla dazu fähig wäre – wenn sie nur das verfluchte Rauschgift aufgeben würde.

Sarah trat an den Tisch in der Ecke. Stapel von Illustrierten verstaubten dort. Sarah suchte und fand unter einem der Stapel die LP »Last Laugh«, das Album von HANGMAN'S JOKE. Auf dem Cover befand sich ein Queraufdruck aus großen goldenen Buchstaben: ADVANCE PROMOTIONAL COPY / NOT FOR RESALE

Eric hatte ein paar von diesen Vorabkopien für Werbezwecke gehabt, damals. Sarah war überglücklich gewesen, daß sie zu dem auserwählten Personenkreis gehörte, der ein solches Exemplar bekam. Und voller Ehrfurcht hatte sie überall herumerzählt, daß sie sich mit der Entgegennahme der Vorabkopie verpflichtet habe, diese auf keinen Fall zu verkaufen. Sie hatte es auch Sergeant Albrecht erzählt. Und Roscoe. Und Mickey. Das waren echte, väterliche Freunde, wie man so sagte, und sie hatten ihr auch wirklich geholfen, die schwere Zeit zu überstehen. Aber sie waren eben alle zu beschäftigt, um sich richtig um sie kümmern zu können.

Sarah fuhr mit dem Finger die Liste der Titel entlang, bis sie das Lied fand. Sie nahm die LP heraus, ging damit zur Regalwand und klappte den verstaubten Deckel von Darlas Plattenspieler auf. Sie zählte die Stücke ab und senkte die Nadel auf »Fire in the Rain«.

Das Stück hatte einen starken Rhythmus, und gleich mit den ersten Takten begann ein Gitarrensolo von Eric. Voller Spannung wartete Sarah auf seinen Gesang und auf die Stelle, an der es heißen würde:

It can't rain all the time . . .

Es kann nicht dauernd regnen . . .

Seine Worte, vorhin auf der Straße, hallten in ihr nach.

Ein Krächzen ließ sie aus ihren Gedanken aufschrecken. Sie hob den Kopf, blickte zum Fenster.

Eine Krähe hockte dort – groß und mit blauschwarzem Gefieder. Der Blick des Tiers war klug und forschend. Sie krächzte noch einmal.

Sarah wurde warm ums Herz. Augenblicklich verspürte sie den sehnlichen Wunsch, die Krähe möge sich verirrt haben – oder verletzt sein. Aber natürlich nur *leicht* verletzt. Irgend etwas, was das Tier veranlaßte, die Nähe eines Menschen zu suchen. Eines Menschen, der für sie sorgen würde. Sarah wünschte sich nichts mehr, als dieser Mensch zu sein.

Wieder krächzte der große schwarze Vogel.

»Na du?« sagte Sarah lockend. »Wer bist du denn? Hast du dich verirrt? Oder hast du Hunger?«

Die Krähe krächzte noch einmal und flog dann mit heftigem Flügelschlag in die Nacht hinaus.

Unendliche Traurigkeit erfüllte Sarah, als sie in die Wirklichkeit zurückfand. Erst jetzt hörte sie, daß die Nadel des Plattenspielers hängengeblieben war.

Eric sang immer wieder: *»It can't rain all the time . . .«* Ein Knacken und dann von neuem: *«It can't rain all the time . . .«*

Der Aufwind der von den Feuern erwärmten Luft erlaubte ihr einen sparsamen Flügelschlag. Die Krähe kreiste im Segelflug über den Häusern. Während des Fluges neigte sie unablässig den Kopf nach links und rechts, damit ihr nichts in den Straßen entging. Besonders einfach war es dort, wo noch Läden geöffnet waren und die Schaufensterbeleuchtungen auch den Bürgersteig und einen Teil der Fahrbahn erhellten.

Eric durfte keine Zeit mehr verlieren, denn seine nun nahezu vollständige Erinnerung bereitete ihm immer größere Qualen. Seine Seele brauchte die Rache, um ihren Frieden zu finden.

Es mußte an diesem Abend geschehen.

Denn eine zweite »Nacht des Teufels« durfte nicht vorübergehen, ohne daß das Verbrechen gesühnt war und das Böse seine gerechte Strafe erhalten hatte.

Sarah, das kleine Mädchen, war in großer Not. Die Krähe hatte es mit eigenen Augen gesehen, und sie hatte Sarahs Gefühle gespürt – die verwundete Seele dieses jungen Menschenkinds schrie nach Frieden. Auch Eric war das überdeutlich bewußt geworden, und er hatte richtig gehandelt. Er hatte gewußt, daß er keine Wunden reißen durfte.

Sarah mußte leben, wirklich leben.

Sarah brauchte eine glückliche Zukunft.

Unvermittelt erblickte die Krähe das rote Auto.

* * *

In dem Schnapsladen herrschte ständig Betrieb, rund um die Uhr. Es existierten nur noch wenige von diesen Geschäften, die vierundzwanzig Stunden am Tag geöffnet hatten. Der Laden war deshalb auch ein beliebter Treffpunkt. Hier gab es Nachschub für die Nacht. Alkohol. Nikotin. Kalorien. Letztere in Form von fertig verpackten Sandwiches und Hamburgern. Wer darüber hinaus noch etwas brauchte, fand garantiert den einen oder anderen Dealer, draußen auf dem Bürgersteig, in den Ecken und Winkeln.

Der rote Superschlitten parkte an der Bordsteinkante, nur ein paar Meter von der Leuchtreklame LIQUOR STORE entfernt. Flach, bullig und aggressiv, sah der T-Bird aus wie ein Raubtier vor dem Sprung.

T-Bird und Skank blieben in der Nähe des Ladens. Sie standen herum, warteten, machten ein paar Schritte, blieben wieder stehen und warteten. Sie warteten. Viel zu lange, nach T-Birds Begriffen. Er wurde das verdammte Gefühl nicht los, daß irgendwas nicht stimmte.

Weil schon zuviel passiert war.

Ein Toter war ein Toter zuviel – wenn er aus den eigenen Reihen stammte. Daß es Tin-Tin erwischt hatte, ging nicht mit rechten Dingen zu. Der schwarze Messerschwinger war nach T-Birds fester Überzeugung unbesiegbar gewesen. Unverwundbar.

War Hexerei im Spiel? Etwas Ähnliches?

T-Bird war zwar nicht abergläubisch, konnte sich jedoch durchaus vorstellen, daß man jemanden durch Hypnose beeinflussen konnte. Er hatte gelesen, daß es da die tollsten

Sachen gegeben hatte. Daß Leute alles mögliche gegen ihren Willen machten, wenn der Hypnotiseur ein fähiger Typ war. Tin-Tin hatte ja nur stillhalten müssen, damit der Kerl ihm die Messer reinstechen konnte.

T-Bird nahm den Glimmstengel aus dem Mundwinkel. Mit einem Knurrlaut schnippte er den Zigarettenrest in den Rinnstein. Aus zusammengekniffenen Augen sah er seinen Kumpel an. »Ich sage dir, ich kriege ihn! Ich kriege dieses Stück Rattenscheiße, das aus Tin-Tin eine gottverdammte Voodoo-Puppe gemacht hat.«

Skank lachte lautlos. »Tin-Tin war ein Sack.«

T-Bird starrte ihn an.

Und gleichzeitig, ohne daß sie dafür ein Kommando gebraucht hätten, brachen sie in ihren Kriegsgesang aus, den sie »The Chant« nannten.

Wüstes, abgehacktes Gebrüll war es, das sie anstimmten. Rhythmisch klatschten sie ihre Handflächen aneinander. Es dauerte nur Sekunden, dann hielten sie inne und hieben sich gegenseitig auf die Schultern, daß es krachte.

T-Bird schnaufte und blickte auf seine Rolex. »Und immer noch kein Funboy«, stellte er fest.

»Der hoppelt bestimmt noch auf Darla rum«, meinte Skank grinsend.

T-Bird zuckte die Achseln. Er überlegte kurz, dann schnitt er mit der flachen Hand durch die Luft und wies auf den Schnapsladen. »Wir fahren los. Besorg was zu rauchen und ein paar Dosen Bier für unterwegs. Beeil dich.«

Skank trabte los, tauchte in die Helligkeit des Ladens. Zehn, zwölf Leute waren noch drin. Aber Skank würde nicht an der Kasse anstehen müssen. Wer zur Viererbande gehörte, brauchte in keiner Schlange zu stehen.

Auf dem Weg zu seinem Wagen dachte T-Bird an Top Dollars Anweisung. Einen neuen Mann anheuern, einen

Profi. Okay. Aber das war leichter gesagt als getan. Einen zweiten Tin-Tin zu finden, war sowieso unmöglich.

T-Bird zog die Fahrertür auf und ließ sich hinter das Lenkrad fallen. Heftiger als nötig knallte er die Tür zu. Gedankenverloren blickte er durch die Windschutzscheibe.

Funboy war sonst nie unpünktlich. Und Darla wäre die letzte gewesen, deretwegen er sich verspätet hätte.

Komisch, komisch. Ein Schatten flatterte durch T-Birds düstere Gedankenwolken.

Im ersten Moment nahm er es nicht einmal bewußt wahr.

Dann sah er die Krähe auf der Motorhaube.

T-Bird blinzelte angestrengt, aber das Rabenvieh verschwand nicht. Es war Wirklichkeit. Ein ziemlich großer Vogel war das, durchaus interessant anzusehen. Er hatte sich vorne auf der langen Haube niedergelassen, auf den Einlaßstutzen für den Luftfilter. Das Gefieder glänzte in den Lichtausläufern, die vom Schnapsladen herüberfielen. T-Bird hatte den Eindruck, daß die Augen des Vogels bösartig funkelten.

Der Totenvogel! durchzuckte es ihn.

Er zerknirschte einen Fluch zwischen den Zähnen. Er hatte was gelesen über Raben und Krähen, verdammt, ja! Von heidnischen Völkern als Gottheiten verehrt.

Als Boten des Todes?

Ein Schauer lief ihm über den Rücken. Am liebsten hätte er sich dafür selbst in den Hintern getreten. Hölle und Teufel, er würde sich doch nicht von vorwitzigem Geflügel Angst einjagen lassen! Er doch nicht!

Er griff zum Zündschlüssel und drehte ihn. Die rote Kiste schüttelte sich, als der Achtzylinder ansprang. Aber die verfluchte Krähe ließ sich nicht verscheuchen, trat nur ein bißchen von einem Bein aufs andere und hielt mühelos ihr Gleichgewicht.

»Okay«, knurrte T-Bird. »Dann wollen wir doch mal sehen, wie dir der Fahrtwind schmeckt, du Mistvieh.« Er packte den Schalthebel.

Ein metallisches Knacken ließ ihn erstarren.

Es war direkt neben seinem Ohr.

Vorn stieß die Krähe ein lautes Krächzen aus – zornig und heiser.

Im selben Moment spürte T-Bird einen Druck unter dem rechten Ohrläppchen – von einem runden, stahlharten Gegenstand.

Sein Blick ging nach rechts, in den Innenspiegel. Nur die Augen bewegte er, mehr wagte er nicht. Doch es reichte, um ihm das Blut in den Adern zu stoppen.

Das Gesicht war schneeweiß.

Und der Blick des Kerls durchbohrte ihn aus dem Spiegel heraus. Den Hahn des Revolvers hatte er gespannt, und das Harte unter dem Ohrläppchen war die Mündung.

»O Scheiße!« stieß T-Bird heiser hervor. »Was, zum Teufel, stellst du denn dar?«

»Ich bin der Passagier«, raunte Eric. »Und du bist der Chauffeur. Also fahr los!«

T-Bird wagte keinen Widerspruch. Er hatte Erfahrung. Er wußte, wie ein Mann aussah, der zu allem entschlossen war. Und wer dieser Weißgesichtige auch sein mochte und was er auch vorhaben mochte – er war der entschlossenste Kerl, dem T-Bird jemals in seinem Leben begegnet war.

Er brachte den Hebel in Position und gab Gas.

Die Krähe startete wie ein Kampfflieger vom Flugzeugträger. Im nächsten Moment war sie nicht mehr zu sehen.

»Schneller!« befahl Eric.

Und T-Bird führte auch diesen Befehl sofort aus.

* * *

Skank brauchte beide Arme, um die große braune Einkaufstüte zu tragen. Der Vorrat an Bier und Zigaretten würde für die ganze Nacht reichen, und wenn sie noch so lange unterwegs waren.

Auf dem Bürgersteig wandte er sich nach links. Über den Rand der Tüte hinweg sah er, wie sich der rote Superschlitten in Bewegung setzte.

Skank grinste erfreut. Allright, nett von T-Bird, daß er ihm die paar Meter abnehmen und ihn gleich hier, vor dem Laden, einsteigen lassen wollte. Skank ging auf die Bordsteinkante zu, um zwischen zwei parkenden Wagen auf die Straße hinauszutreten.

Der Achtzylinder brüllte. Skank klappte die Kinnlade herunter. T-Bird, dieser verrückte Hund, preschte los, als ob er sich für Indianapolis qualifizieren wollte. Wen, zum Teufel, wollte er damit beeindrucken?

Der rote Flitzer donnerte vorbei.

»He!« schrie Skank. »T-Bird!« Er sprang auf die Straße, riß die Arme hoch und gestikulierte wie wild. Die Einkaufstüte fiel zu Boden, und Bierdosen und Zigarettenschachteln verteilten sich auf dem Asphalt. Skank wollte hinter seinem Kumpel her. Kaum war er zwischen den parkenden Wagen hervorgeschnellt, machte er eine Rechtsdrehung, wedelte mit den Armen und brüllte: »T-Bird! Warte doch, verdammt noch . . .«

Der Rest ging in einem wahren Höllenlärm unter.

Reifen quietschten auf der Fahrbahn. Eine Hupe gellte.

Skank verspürte einen Tritt in den Hintern. Er wurde nach vorn geschleudert und landete mit der Nase auf dem Asphalt. Explodierender Schmerz stieß ihn in einen schwarzen Abgrund.

Ein Ford Escort war es, der Skank flachgelegt hatte. Der Fahrer tobte vor Wut, als er ins Freie sprang.

»He, du blödes Arschloch! Du bist mir vor den Wagen gelaufen!« Er machte einen Satz auf den am Boden liegenden Mann zu und holte aus, um ihm einen Tritt zu verpassen.

»Halt die Klappe«, sagte Skank, als er hochkam und dem Fahrer den Unterarm ins Gesicht donnerte.

Der Mann kippte um wie ein gefällter Baum. Der Länge nach landete er neben seinem kostbaren Auto und rührte sich nicht mehr.

Skank kreiselte herum. T-Birds roter Wahnsinnsschlitten war gerade noch zu sehen, drei Kreuzungen weiter. Die Rückleuchten glühten, aber kein Bremslicht.

»Warte!« schrie Skank mit sich überschlagender Stimme. »Verflucht, warum wartest du denn nicht?« Es dauerte einen Moment, bis er einsah, daß das Herumschreien keinen Sinn hatte.

Blieb nur der Ford.

Skank drehte sich um. Die Tür stand offen, der Motor lief noch. Er klemmte sich hinter das Lenkrad, knallte den Gang rein und rammte das Gaspedal nach unten. Die Kiste startete mit wimmernden Antriebsrädern, und die Tür flog von selbst zu.

* * *

»Mann, was willst du? Geld? Drogen? Hab ich alles, kannst du alles kriegen!« T-Bird schwitzte hinter dem Lenkrad. Am meisten störte ihn die Revolvermündung unter seinem Ohrläppchen.

»Schneller!« befahl Eric.

T-Bird gehorchte, obwohl ihm immer mulmiger wurde. Zwar war er es gewohnt, wie der Henker persönlich durch die Stadt zu jagen. Aber wenn er es tat, dann tat er es freiwillig, aus eigenem Antrieb und nicht mit einem gottverdammten Schießeisen am Gehörgang.

Und jetzt näherte sich die Tachonadel schon der Achtzig-Meilen-Marke. Kreuzungen und Einmündungen flogen vorbei. Die Häuserfassaden vereinten sich zu einer verschwommen vorbeihuschenden schwarzen Wand. Und der Achtzylinder rumorte unter der Haube. Der Lärm wurde immer stärker. Zum ersten Mal ging T-Bird sein eigener Schlitten auf die Nerven.

»Was willst du?« wiederholte er. Er schrie es jetzt.

»Mehr Gas«, entgegnete sein unheimlicher Mitfahrer nur. T-Birds Verzweiflung wuchs. Die Ahnung, daß es keinen Ausweg für ihn gab, wurde immer stärker. Dieser Wahnsinn konnte ja nur in einer Katastrophe enden! Die Tatsache, daß sie bislang heil über die Kreuzungen gekommen waren, besagte überhaupt nichts. Das konnte sich schon im nächsten Sekundenbruchteil ändern.

Und dann?

T-Bird riskierte einen schnellen Blick in den Innenspiegel. Die Augen in dem Clowns-Weiß glichen kaltem, gehärtetem Stahl. War dieser Typ so was wie ein Kamikaze? Verdammt, der mußte doch wissen, daß er selber mit draufging, wenn sie einen Crash bauten!

Unvermittelt zeigte sich ein Hoffnungsschimmer. In den Außenspiegeln sah T-Bird Scheinwerferlicht. Weit entfernt noch, aber es blieb beharrlich dran. Skank? Durchaus möglich, daß der Junge aufgepaßt und sich schnell einen Wagen besorgt hatte. Ob er allerdings mit dem T-Bird mithalten konnte, war eine andere Frage. T-Birds Hoffnung schwand so schnell, wie sie aufgeflackert war. Nein, ausgeschlossen. Skank konnte es unmöglich schaffen – solange dieser Wahnsinnige weiterhin auf dem Selbstmord-Trip war.

»Wohin fahren wir?« schrie T-Bird.

Der Weißgesichtige lachte rauh. »Ich bringe dich an einen Ort, den du nicht kennst.«

Abermals überlief es T-Bird eiskalt, und plötzlich durchzuckte ihn die Erkenntnis.

»Du bist der Bastard, der Tin-Tin umgebracht hat!« rief er.

Sein Passagier lächelte nur.

»Dann geht's also ums Geschäftliche?« T-Bird empfand Erleichterung. »Mann, dann können wir doch über alles reden! Wenn's irgendwelche Probleme gibt, kriegen wir das schon auf die Reihe.«

Der Unheimliche antwortete auch diesmal nicht.

* * *

Skank hämmerte auf das Lenkrad, als könnte er den Escort dadurch schneller machen. Es war sowieso der totale Wahnwitz, mit diesem Affenzahn rumzukurven. Andererseits wußte T-Bird immer, was er tat, und wenn er diese Raserei jetzt für richtig hielt, dann würde er schon einen Grund dafür haben.

Skanks Leihwagen schoß über eine Bodenwelle, einen winzigen Moment lang schwebten die Räder frei in der Luft, und dann krachte der Wagen auf die Fahrbahn, daß es sich anhörte, als wolle er sich in alle seine Bestandteile auflösen. Statt dessen begann er zu schlingern.

»Scheiße, Scheiße, Scheiße!« kreischte Skank, krampfhaft bemüht, die Kiste in der Spur zu halten. »T-Bird, du verfluchter Idiot! Warum machst du so eine Scheiße!«

Der Escort schlingerte wie wild; die Reifen heulten und wimmerten und radierten den Asphalt trocken. Im nächsten Moment knallten die rechten Räder gegen eine Bordsteinkante. Skank wurde durchgeschüttelt, beglückwünschte sich aber dazu, daß an dieser Stelle keine verdammten Schrottkisten parkten.

Der Anprall schüttelte ihn durch, aber das Lenkrad hielt er wie eine Eins. Und wenn die Reifen nicht von den Felgen gesprungen waren, dann mußte er jetzt wieder auf Kurs kommen.

»Yeah!« schrie er triumphierend, als er es schaffte. Und die Räder schienen auch noch komplett dran zu sein. »T-Bird, ich komme! Du blöder Hund, ich komme!«

Warum haute der eigentlich vor ihm ab?

Die Frage machte Skank stutzig, weil er sie sich in der Form noch gar nicht gestellt hatte. Wenn T-Bird ihn wirklich abschütteln wollte, dann tat er es doch nicht ohne Grund. Aber was, in aller Welt, konnte dahinterstecken? Skank kam nicht mehr dazu, sich darüber das Hirn zu zermartern. Denn von diesem Augenblick an ging es Schlag auf Schlag.

Vorn, zwei, drei Kreuzungen weiter, fegte plötzlich ein Streifenwagen aus einer Seitenstraße. Mit Rotlicht und Sirene nahm er die Verfolgung des roten Superschlittens auf.

Skank hatte kaum angefangen, sich zu wundern, als plötzlich etwas Riesengroßes den Laden dichtmachte.

Im wahrsten Sinn des Wortes.

Der Truck donnerte von rechts auf die Kreuzung. Ein Dreißig-Tonnen-Sattelschlepper, direkt vor Skanks Nase. Einen entsetzten Schrei ausstoßend, stieg er in die Bremse, und mit dem Mut der Verzweiflung kurbelte er am Lenkrad. Riß den Wagen nach rechts. Der Escort krachte über die Bordsteinkante an der Straßenecke, hüpfte und schaukelte, daß Skank sich am Wagenhimmel den Kopf stieß.

Die Flanke des Sattelschleppers raste auf ihn zu.

Skank schrie erneut, schriller. Das Lenkrad gehorchte ihm nicht mehr. Fast schaffte er es; die Nase des Escort zeigte schon in die Straße, aus der der verfluchte Truck kam.

Da krachte er gegen die Heckräder. Mannshoch, wie Mahlsteine, säbelten sie an der Fahrerseite des kleinen Wagens entlang. Durch den Anprall verwandelte sich die

Windschutzscheibe in eine Fläche aus undurchsichtigen weißen Krümeln.

»O verdammt, verdammt!« schrie Skank.

Er kam von dem Truck frei, aber was nützte ihm das jetzt? Seine Sicht war weg. Wie zum Hohn war die Seitenscheibe heil geblieben. Skank kurbelte sie herunter, während er Gas wegnahm. Die kalte Luft, die hereinwehte, tat ihm gut. Er konnte den Kopf rausstrecken und sah wieder die Straße.

Und im selben Moment hörte er es.

Das Rattern und Scheppern.

Vorn links löste sich eine Radkappe und eilte eiernd über die Fahrbahn, um in einem Torweg zu verschwinden. Doch das war nicht das Schlimmste. Irgendwas hatte sich verzogen; es hörte sich an, als ob die Kiste über kurz oder lang ein oder zwei Räder verlieren würde.

Skank stieg dennoch wieder aufs Gas. Er mußte T-Bird einholen, egal wie. Da lief irgendeine gewaltige Schweinerei, und die mußte gestoppt werden. Skank war hundertprozentig sicher, daß er wenigstens in dem Punkt den richtigen Riecher hatte. Er zog die Klapperkiste nach links. Jetzt mußte er parallel zu der Straße sein, auf der T-Bird unterwegs war. Er versuchte, Löcher in die zerbröselte Windschutzscheibe zu schlagen. Es klappte nicht. Also mußte er weiter halb verrenkt fahren.

Die Seitenstraßen verzweigten sich. Ein totaler Irrgarten.

Skank schrie seine Flüche in den Fahrtwind hinaus.

Er folgte seinem Instinkt, bog nach links ab, dann gleich wieder rechts – und sah das Schild gerade noch rechtzeitig: DEAD END

Eine Sackgasse! Das fehlte noch. Er hätte heulen können. Aber was nützte das! Er stieg hart in die Bremse, knallte den Rückwärtsgang rein und brachte den röhrenden und rumpelnden Escort in seine alte Richtung zurück.

Und wieder Gas!

Er näherte sich einer helleren Straße. Nicht schlecht, gar nicht schlecht.

Plötzlich sauste das flache Rot des T-Bird vor ihm vorbei.

Skank stieß einen Triumphschrei aus. Auf wundersame Weise hatte ihn das Labyrinth der Seitenstraßen schneller vorwärts gebracht, als er gedacht hätte.

Freudig trat er das Gaspedal bis zum Anschlag durch.

Der Escort beschleunigte mit einem wahren Höllenlärm. Die Einmündung kam näher und näher. Skank frohlockte. Jetzt noch nach rechts, und dann konnte er T-Bird gleich mit der Lichthupe auf sich aufmerksam machen. Wenn die noch funktionierte . . .

Er ging nur kurz vom Gas, riß das Lenkrad herum, lenkte gegen und trieb den Escort mit wedelndem Heck in die breitere Straße. Sehr gekonnt.

Das grellweiße Scheinwerfer-Stechen von links beunruhigte ihn nicht sofort. Auch das Sirenengeheul und das kreisende Rotlicht nicht. Doch in der nächsten Hundertstelsekunde, als er den Escort in die Gerade ziehen wollte, war es aus.

Schlingernd donnerte ihm der Streifenwagen in die Flanke.

Der Cop am Lenkrad hatte noch versucht, auszuweichen.

Vergeblich.

Der Zusammenprall war wie das Krachen einer Explosion.

Der Escort hob ab, überschlug sich.

Der Streifenwagen scherte nach links wie unter einem unerklärlichen Zwang. An einer Hauswand zeigte die Knautschzone des Wagens, daß sie eine war.

Stille kehrte ein, als der Escort nach mehreren krachenden Überschlägen auf dem Dach liegenblieb. Jetzt, endlich, fielen auch die Glaskrümel der Windschutzscheibe in sich zusammen.

Stöhnend öffnete Skank die Augen.

Die beiden Cops in ihrer zusammengestauchten Kiste klebten zwischen großen weißen Airbags und den Rückenlehnen ihrer Sitze. Unfähig, sich zu rühren, starrten sie herüber und mußten zusehen, wie Skank aus seinem Schrotthaufen herauskroch und loshumpelte.

Sein Ziel, wo es auch sein mochte, war ihm so wichtig, daß er es auch zu Fuß erreichen würde.

Er war in der Nähe des Hafens. Soviel konnte er bereits feststellen.

* * *

Das offene Ende der Lagerhalle mündete auf einen Pier. Schienen führten hinaus. An ihrem Ende, am Rand des Hafenbeckens, ragte ein mächtiger Portalkran in den Nachthimmel und wartete auf Schiffsladungen, die womöglich nie mehr kommen würden.

T-Bird hatte genug Zeit, über diese Frage nachzudenken. Denn er war zum Stillsitzen gezwungen, und er konnte seine Umgebung in aller Ruhe betrachten, um vielleicht herauszufinden, ob es ein stillgelegter Hafenschuppen war, in den der Weißgesichtige ihn dirigiert hatte. Wenn der Bau aber noch benutzt wurde, dann kreuzte vielleicht über kurz oder lang jemand auf und verscheuchte diesen Irrsinnigen.

T-Bird war in Klebeband eingerollt wie eine Mumie – zusammen mit der Rückenlehne des Fahrersitzes.

Vor dem Sitz, unter T-Birds Kniekehlen, standen zwei Kanister Brandbeschleuniger.

Die Hände hatte Eric ihm am Lenkrad festgewickelt. In der offenen Fahrertür stehend, riß er einen weiteren Streifen Klebeband von der Rolle und pappte ihn auf die schwitzende Stirn des zur Bewegungslosigkeit Verurteilten. T-Birds Augen drohten aus den Höhlen zu quellen; seine Wangenmuskeln zuckten unkontrolliert.

»Mein Gott, so rede doch mit mir!« bettelte er.

Aber Eric sagte kein Wort mehr. Er hatte seine Frage gestellt. *»Was habt ihr im Calderone - Court - Gebäude gemacht – vor einem Jahr?«* Mehr war nicht nötig gewesen. T-Bird versuchte seitdem, seinen Kopf aus der Schlinge zu reden. Wie ein Wasserfall.

Schweigend und seelenruhig hatte Eric sich dann an die Arbeit gemacht.

Der Kofferraum dieses Schlittens hatte sich als wahre Fundgrube entpuppt. Er konnte aus dem vollen schöpfen, und er brauchte nur noch einen Moment und seine Vorbereitungen waren fertig.

»Es wäre ja alles halb so schlimm gewesen!« rief T-Bird beschwörend. »Das mußt du doch kapieren. Ja, Mann, ich erinnere mich genau an das Haus. Da wohnte die nette kleine Lady, die einfach nicht umziehen wollte. Wir hatten doch bloß den Auftrag, ihr ein bißchen Angst einzujagen. Aber dann . . .«

Eric schlang das Klebeband um die Kopfstütze und klebte T-Birds Kopf unverrückbar daran fest. Noch ein paarmal wickelte er den Klebestreifen in Stirnhöhe um Kopf und Kopfstütze, bis T-Bird nur noch mit den Augen rollen und reden konnte. Seine Stimme wurde weinerlich, flehend.

». . .kam dieser bescheuerte Freund von ihr und zwang uns, eine schärfere Gangart einzulegen. Da konnte man nichts machen. Ich meine, die beiden . . .«

Eric wandte sich ab und ging zum Kofferraum. Die Haube war hochgeklappt.

». . .haben's einfach herausgefordert. Wenn der Typ sich nicht eingemischt hätte, dann hätten wir eine Weile unseren

Spaß gehabt, und das wär's dann gewesen. Jetzt mal ehrlich ...«

In dem Kofferraum transportierte der Kopf der Viererbande das reinste Waffen- und Sprengstoffarsenal. Zwei Maschinenpistolen, Munitionspakete, eine Schrotflinte, weitere Kanister mit Brandbeschleuniger, Munitionskisten, Kartons mit Sprengstoff.

Eric klappte eine der Kisten auf und nahm eine Handgranate und einen Kanister heraus. Er schloß die Kofferraumhaube. Den Kanister stellte er hinter dem Wagenheck ab.

»...wen interessieren die beiden denn schon! Bist du ein Freund von denen gewesen? Ich meine, da können wir uns schon irgendwie einigen. Ich bin Geschäftsmann ...«

Er verstummte schlagartig, als Eric mit der Handgranate neben ihn trat, sich hereinbeugte.

T-Birds Augen drohten nun endgültig herauszuspringen. Der Schweiß rann ihm in Strömen über das Gesicht.

»Jesus im Himmel!« wimmerte er. »Ich kenne dich! Ich erinnere mich an dich! Du kannst doch gar nicht hier sein! Wir haben dich umgelegt. Und zurückkommen kann keiner! Keiner kann zurückkommen! Keiner!«

Eric legte ihm die Handgranate zwischen die Beine.

T-Bird war dem Wahnsinn nahe. Er weinte. Er schien die Worte, die über seine Lippen kamen, nicht mehr kontrollieren zu können.

»Beschämt stand da der Teufel – fühlend, wie schrecklich Güte ist ...«

Eric riß den Sicherungsstift der Handgranate heraus. Funken sprühten.

T-Bird schluchzte. Seine Worte klangen wie ein Gebet, immer schneller, immer hastiger. »Beschämt stand da der Teufel ...«

Eric beugte sich tiefer. Mit einer raschen Bewegung zog er

den Gurt straff, den er so angebracht hatte, daß er das Gaspedal auf dem Bodenteppich arretierte.

»Beschämt stand da der Teufel . . .«

Der Motor dröhnte los.

»Beschämt stand da der Teufel!« schrie T-Bird.

Eric griff über seine Beine hinweg, stieß den Hebel auf »Drive« – und wich blitzschnell zurück.

Mit durchdrehenden Antriebsreifen fegte die bullige rote Limousine los. Nur noch kurz war T-Birds Schrei zu hören. Dann knallte der Fahrtwind die Fahrertür zu.

Der Wagen jagte davon. Das Kreischen der Reifen ließ nach. Jetzt brachten sie die volle Kraft auf den Boden. Und der rote Renner fuhr dank der speziellen Lenkradfixierung schnurgerade.

Eric nahm den Kanister und folgte dem davonrasenden Rot.

Der Wagen schoß unter den stählernen Stelzenbeinen des Portalkrans hindurch – über die Außenkante des Piers.

Und hob ab.

Wie in Zeitlupe schien der T-Bird über die dunkle, glatte Wasserfläche zu segeln.

Noch in der Luft zuckte ein Blitz aus der Karosserie.

Die Explosion brüllte mit Urgewalt. Ein Feuerball hüllte den Wagen ein. Weitere Explosionen folgten. Der Feuerball löste sich in glühend wabernde Teile auf, in deren Mitte der Motorblock zuerst abkippte. Dann stürzte das Flammenmeer auf das Wasser.

Noch während es krachte und zischte und brodelte, goß Eric vor der Lagerhalle die Flüssigkeit aus dem Kanister aus.

Als er die Spur des Brandbeschleunigers anzündete, fraßen sich züngelnde kleine Flammen auf der Betonfläche voran, bis ihre vollständige Linie ein Bild ergab.

Die Umrisse einer Krähe.

Eric wandte sich ab. Als er an der dem Hafenbecken zugewandten Seite der Halle davonging, schwang sich die Krähe vom Dach herab und setzte sich auf seine Schulter.

Ein keuchender Mann mit Schrammen im Gesicht erreichte in diesem Augenblick den Pier – rechtzeitig, um das Flammenbild der Krähe zu sehen und die Reste des versinkenden Autowracks.

* * *

Grau und wolkenverhangen kroch der Morgen in die Straßen der Stadt. Der Geruch erloschener Brände war stärker als sonst. An einigen Stellen flackerten noch Flammen aus rauchgeschwärzten Ruinen.

Grange fuhr durch das Tor des Friedhofs. Nach hundert Metern brachte er den Wagen auf dem Hauptweg zum Stehen. Die ein Jahr alten Gräber waren leicht zu finden. Grange eilte an der Reihe der Grabsteine entlang.

Schon von weitem sah er das klaffende Loch.

Schwarze, aufgerissene Erde.

Den Grabstein mit dem Namen Eric Draven hätte er als Bestätigung nicht einmal mehr gebraucht, ebensowenig Shelly Websters Grabstein unmittelbar daneben.

Grange beugte sich über das offene Grab. Der schräg hochstehende Sargdeckel war zu erkennen. Grange ging in die Knie und griff mit der Hand in die schlammige schwarze Erde.

6

Der Kampf geht weiter

Die Geräusche aus der Küche waren ungewöhnlich und neu. Spiegeleier brutzelten in einer Pfanne auf dem Herd. Das Radio war eingeschaltet. Eine Sprecherin kündigte die Nachrichten an.

Sarah erwachte gähnend auf dem Sofa, das Plattenalbum von HANGMAN'S JOKE noch umklammert. Sie blinzelte, um die Augen wenigstens halb aufzukriegen. Und sie konnte nicht glauben, was sie hörte und roch.

Spiegeleier. Ungläubig setzte sie sich auf, legte das Plattencover beiseite und rieb sich die Augen.

Die Nachrichtensprecherin berichtete über die letzte Nacht.

Seit mehr als zehn Jahren trägt die Nacht vor Halloween jetzt die inoffizielle und makabre Bezeichnung ›Nacht des Teufels‹. Besonders in der Innenstadt wurde diese Nacht zu einer jährlich wiederkehrenden Plage mit Brandstiftungen, Plünderungen, Vergewaltigungen und Morden. Allein in der vergangenen Nacht starben in Detroit City elf Menschen . . .

Das Radio wurde leiser gestellt. Jemand hantierte mit Geschirr; es klapperte laut und aufdringlich.

Sarah öffnete die Augen so weit sie konnte, stand auf und tappte auf den Ort des rätselhaften Geschehens zu. In dem offenen Durchgang zur Küche verharrte sie unwillkürlich.

Darla stand am Herd, mit dem Rücken zum Wohnzimmer. Sie hatte geduscht, die Haare gewaschen und frische Sachen angezogen. Die Bluse und der Rock waren frisch gebügelt.

Sarah fühlte sich auf einmal unwohl in ihren Jeans und dem Sweatshirt, die sie schon gestern getragen hatte. Darla hantierte dort am Herd so selbstverständlich, als hätte sie nie etwas anderes gemacht.

Sarah setzte sich rasch, sie wollte sich nicht anmerken lassen, daß sie total von den Socken war. Cool bleiben, dann würde sich dieses merkwürdige Schauspiel sehr bald als das entpuppen, was es wirklich war. Eine Seifenblase. Eine von Darlas Schnapsideen. Vermutlich war sie high bis zu den Haarspitzen, war gerade nach Hause gekommen. Und da war ihr eingefallen, mal Hausfrau und Mutter zu spielen. Mal sehen, ob sie die Rolle noch beherrschte. Gleich würde sie dann in schrilles Gelächter ausbrechen und zum Whisky greifen. Oder ins Bad verschwinden, weil sie einen neuen Schuß brauchte.

Sarah setzte sich an den Tisch.

Darla drehte sich um und lächelte. Ihr Gesicht war klar und rein, ohne jegliche Spuren der Nacht. »Wie magst du sie lieber – von beiden Seiten gebraten oder normal? Ich hab's vergessen.«

Sarah bekam den Mund nicht wieder zu. Sie starrte ihre Mutter an, als stünde ein Wesen von einem anderen Planeten vor ihr. »Was machst du denn da?« platzte es aus ihr heraus. »Ich mag doch überhaupt keine Eier!«

Darla runzelte die Stirn. »Warte mal – aber du *mochtest* Eier.«

»Ja, als ich fünf war.«

»Okay.« Darla sah ihre Tochter an. Forsch stemmte sie die Hände in die Hüften. »Dann willst du jetzt bestimmt schwarzen Kaffee und eine Zigarette.«

Sarah konnte sich ein Grinsen nicht verkneifen. »Hey! Ich wußte nicht, daß es jetzt eine Droge gibt, die dich in die Mutter des Jahres verwandelt!«

Darla wurde ernst. Sie senkte den Kopf, sah jetzt beinahe verlegen aus. »Nein«, sagte sie leise. »Das ist keine Droge. Das ist die Wirklichkeit. Jemand hat mich aus einem Alptraum geweckt.«

Sarah war plötzlich hellwach. »*Wer* hat dich geweckt?« rief sie.

Darla wandte sich wieder dem Herd zu. Ihre Bewegungen waren jetzt nicht mehr so schwungvoll. »Vergiß es«, murmelte sie. »Es ist verrückt.«

Sarah stand auf, ging zu ihr. »Du benimmst dich wirklich merkwürdig, Darla. Hast du im Lotto gewonnen oder was?«

Darla schüttelte den Kopf, schwieg. Entschlossen nahm sie die Pfanne vom Herd und wandte sich damit zum Mülleimer. »Also, wenn du keinen Hunger hast . . .«

»Von beiden Seiten gebraten!« rief Sarah rasch. »Von beiden Seiten.«

Darla drehte sich um und sah ihre Tochter lächeln.

»So wie du sie früher immer gemacht hast, Mom«, sagte Sarah leise.

Darla stellte die Pfanne rasch wieder auf den Herd. Auf diese Weise konnte Sarah die Tränen in ihren Augen nicht sehen.

* * *

Im Bereitschaftsraum des Polizeireviers wurde wie üblich laut durcheinandergeredet. Beamte telefonierten, nahmen die Personalien von Festgenommenen auf oder notierten die Strafanzeigen von Hauseigentümern, die seit der vergangenen Nacht nur noch Ruinenbesitzer waren.

Sergeant Albrecht hatte die Draven-Akte eben ins Archiv zurückgebracht und war auf dem Weg zu seinem Büro. Er passierte das Büro des Lieutenant und war schon fast draußen, als er die aufschwingende Tür und die barsche Stimme hinter sich hörte.

»Albrecht!«

»Mist«, knurrte der Sergeant und drehte sich um.

Torres kam auf ihn zu, hatte einen Packen Tatortfotos in der Hand. Sein Gesicht spiegelte unverhohlene Wut.

»Innerhalb von vierundzwanzig Stunden der dritte Mord in Ihrem Bezirk. Dies hier wurde aus dem Hafenbecken gefischt.« Er hielt Albrecht die Fotos hin. »Der Bursche ist zusammen mit seinem Auto verschmort. Wir haben nur seine Zähne, um ihn zu identifizieren.«

Albrecht warf lediglich einen knappen Blick auf die Fotos. »Sein Name war T-Bird. Er hatte sich auf Brandstiftung spezialisiert. Sieht so aus, als ob er aufs Gas statt auf die Bremse getreten hat. Fall abgeschlossen.«

»Gottverdammte Scheiße!« fauchte Torres. »Sie verheimlichen mir was! Da draußen läuft ein verdammter Vigilant herum, der einen Strolch nach dem anderen aus dem Verkehr zieht, und Sie versuchen, jemanden zu decken! Also – wer ist diese Witzfigur mit dem weiß angepinselten Gesicht?«

Albrecht lächelte. »*Sie* sind der Detektiv. Als sagen *Sie* es mir.«

Torres lief rot an. Es fiel ihm schwer, nicht loszubrüllen.

»Tin-Tin beißt ins Gras, und Sie sind im Handumdrehen am Tatort. Eine Stunde später fliegt Gideons Laden in die Luft, und da sind Sie und halten einen Plausch mit diesem schrägen Vogel, der rein zufällig in diesem Auto gesehen wurde . . .«, wütend pochte er mit dem Mittelfinger auf die Fotos, » . . .in dem der Fahrer Gas und Bremse verwechselt! Dann klauen Sie eine meiner Akten aus der Mordabteilung – und wollen mir erzählen, daß dies nur ein Unfall war?«

»Ja«, sagte Albrecht. »Ich wollte Ihre Rede nicht unterbrechen. Die war wirklich gut. Sie sollten diese Scheiße aufschreiben.«

Torres nickte grimmig. »Okay, Mister Schlauberger. Der Captain hat einen Liebesbrief für Sie. Heute ist der erste Tag vom Rest Ihrer Suspendierung.«

Albrecht stand wie vom Donner gerührt. »Weshalb?« fragte er fassungslos.

Torres' Augen leuchteten triumphierend. »Fehlverhalten im Dienst. Das können Sie jetzt erst mal verdauen.« Ohne eine Antwort abzuwarten, drehte er sich um, eilte in sein Büro und telefonierte.

Tja, er war eben ein vielbeschäftigter Mann. Albrecht sah das seufzend ein. Eben einen Sergeant gefeuert, und dann schon wieder einen Termin für die nächste Pressekonferenz festlegen. Yeah, so ein Detective Lieutenant hatte es wirklich nicht leicht. Die Wühlarbeit beim Captain mußte ihn auch einige Mühe gekostet haben, bis der endlich bereit gewesen war, den Liebesbrief zu schreiben.

* * *

Die verlassene, verwüstete Wohnung lag noch im Halbdunkel. Nur am Fenster, wo die Krähe saß, ließ sich feststellen, daß der neue Tag bereits angebrochen war. Der wolkenverhangene Himmel und das trübe Licht des Morgens waren nicht geeignet, Hoffnung aufkommen zu lassen.

Gabriel, der Kater, saß in der Mitte des großen Turmzimmers. Aufmerksam beobachtete er das züngelnde Feuer im Kamin.

Eric hockte davor. Er hatte Schachteln und Kästen um sich herum stehen, brachte stapelweise Fotos, Briefe und Notizzettel zum Vorschein. Das meiste warf er nach einem flüchtigen Blick in die Flammen. Er verbrannte alles, was von seiner früheren Existenz übriggeblieben war.

Nichts sollte später an ihn erinnern.

Später ...

Auf einem Foto blieb sein Blick länger haften. Es zeigte eine lachende Shelly – hier im Turmzimmer.

Ein Blitz durchzuckte ihn, machte die Vergangenheit zur Gegenwart.

Shelly tanzte lachend durch das Turmzimmer. Wie eine Primaballerina wirbelte sie herum; ihre Bewegungen waren graziös und voller Anmut. Ihre glockenhelle Stimme füllte den Raum aus. Zwischen den Tanzschritten verharrte sie in komplizierten Posen, lachend, neckend. Und jedesmal klickte die Kamera.

Eric erinnerte sich genau an jenen Tag. Sie waren glücklich gewesen; die Welt hatte ihnen zu Füßen gelegen. Nichts hatte ihr Zusammensein gestört.

Er gab sich einen Ruck und warf das Foto ins Feuer. Es hatte keinen Sinn, sich in das Gewesene zu versenken. Die Erinnerung mußte lediglich ihren Zweck erfüllen – ihm die Energie geben, die er für seine Rache brauchte.

Die Vollendung dieser Rache stand unmittelbar bevor.

Er spürte es. Nein, mehr noch: Es war Gewißheit.

Offen war einzig die Frage, ob ihm die Vollendung gelingen würde. Er war den Lebenden durch einige besondere Fähigkeiten überlegen. Im Kampf war er praktisch unbezwingbar. Körperlich mochte er unverwundbar sein, doch in alle anderen Dingen war er wie sie, die wirklich Vorhandenen.

Er hörte ein Geräusch im Haus.

Er verharrte regungslos, wandte den Kopf zur Seite und horchte.

* * *

Sarah stellte ihr Skateboard an die Backsteinwand. Der Eingang des riesigen alten Hauses war mit Brettern zugenagelt. Auf den ersten Blick sah das unüberwindbar aus. Doch bei genauerem Hinsehen stellte Sarah fest, daß Wind und Wetter bereits ganze Arbeit geleistet hatten.

Mit beiden Händen zog sie an einem der Bretter. Mit nur geringem Kraftaufwand schaffte sie es, das Brett herunterzuziehen. Vor allem um die rostigen Nägel herum war das Holz morsch geworden; es war kein Problem, eine Öffnung zu schaffen, die zum Hindurchschlüpfen reichte.

Sarah nahm das Skateboard und kroch in den finsteren Hausflur.

Gleich hinter dem Eingang, wo es von draußen nicht gesehen werden konnte, ließ sie das Rollbrett stehen. Unbehagen kroch in ihr hoch; sie bekam eine Gänsehaut. Sie betrat das leere Haus zum ersten Mal wieder, und es war unheimlicher, als sie gedacht hatte.

Tastend erreichte sie das Treppenhaus. An einigen Stellen, wo sich Bretter von den Fenstern gelöst hatten, fiel trübes Tageslicht herein. Der Weg bis in den sechsten Stock kam Sarah wie eine Ewigkeit vor. Sie erinnerte sich an früher, als sie vor Shelly hinaufgestürmt war und dann oben gewartet hatte, um sich über die »arme alte Miss Webster« zu amüsieren, die geschlagene zehn Sekunden mehr gebraucht hatte als sie.

Der Fahrstuhl hatte schon damals nicht mehr funktioniert. Auch eine Schikane der Hauseigentümer, die ihre Mieter raushaben wollten, um besser spekulieren zu können.

Langsam, zögernd betrat Sarah die Wohnung. Sie sah die Verwüstungen, die Reste vom Trassierband der Polizei, und auf einmal hatte sie eine vage Vorstellung von dem Grauenhaften, das sich hier abgespielt haben mußte. Bisher hatte sie immer nur das Bild der Rettungswagen und des Leichenwagens vor Augen gehabt. Wie es dazu gekommen war, war etwas Abstraktes gewesen. Vergewaltigung und Mord. Zwei Wörter. Die Erkenntnis dessen, was sie bedeuteten, traf Sarah in diesem Augenblick mit voller Wucht. Sie begann zu begreifen, wie grauenvoll es für Shelly gewesen sein mußte, diesen Bestien ausgeliefert zu sein – und wie unvorstellbar schrecklich es für Eric gewesen sein mußte, Shelly nicht helfen zu können.

Sie schüttelte sich und setzte ihren Weg durch die düsteren Räume fort. Sie erreichte das Turmzimmer. Als erstes fiel ihr Blick auf den hellen Fleck, den das runde Fenster in der Dunkelheit bildete.

»Eric?« rief sie zaghaft.

Es blieb still.

Sarah machte einen Schritt, dann sah sie etwas anderes, Helles.

»Gabriel!« rief sie. »Ich dachte, du wärst tot!«

Der Kater lief ihr entgegen, und er schnurrte vor Wohlbehagen, als sie ihn auf den Arm nahm und kraulte. Sie würde ihn behalten, und sie wußte, daß er bei ihr bleiben würde. Sie wußte auch, daß er Darla gefallen würde. *Mom*, verbesserte sie sich in Gedanken.

Brandgeruch stieg ihr in die Nase. Als sie sich umsah, erblickte sie kleine Flammen und Glutreste im Kamin. Ihr Herz klopfte heftig. Jemand war hier!

Eric war hier!

Sie lief hinüber, setzte Gabriel auf den Fußboden und beugte sich über die Feuerstelle. Sie sah ein halbverbranntes Foto. Sie erkannte es sofort. Es war eines von Shellys Lieblingsbildern gewesen; auf wenigen anderen hatte Eric sie so gut getroffen.

Als sie es herausnahm, züngelte eine Flamme hoch.

Seufzend ließ Sarah das Foto zurück in den Kamin fallen. In Sekundenschnelle war es vollständig verbrannt.

Sie drehte sich um.

Die Krähe hockte am Fenster, im Tageslicht. Sie krächzte.

»Komm schon, Eric!« rief Sarah in die Dunkelheit des Zimmers. »Ich weiß, daß du hier bist! Ich habe mich an dein Lied erinnert. Du sagtest: ›Es kann nicht dauernd regnen.‹ «

Keine Antwort.

Die Krähe flog plötzlich hoch, verschwand flatternd oben im Gewirr der Dachbalken.

Sarah wandte sich nach allen Seiten, versuchte in dem Halbdunkel etwas zu erkennen.

»Es ist nicht fair!« rief sie mit bebender Stimme. »Ich vermisse dich! Dich und Shelly. Ich fürchte mich so sehr, und ich bin so allein . . .«

Noch immer rührte sich nichts.

Sarah ließ müde die Schultern hängen und wandte sich der Wohnungstür zu. »Zum Teufel mit dir«, sagte sie. »Ich dachte, du bist mein Freund.«

Sie machte noch drei, vier Schritte, bevor sie eine sanfte Stimme wie aus dem Nichts heraus hörte: »Ich *bin* dein Freund, Sarah.«

Sarah verharrte, drehte sich um.

»Du bist nicht mehr allein«, sagte Eric.

Sie sah ihn im Dämmerlicht, seinen Schatten, und sie lief auf ihn zu. Er schloß sie fest in die Arme, und sie weinte vor Freude und Schmerz. Tränen liefen über ihre Wangen. Und Eric wußte, es waren diese Tränen, die sie vergießen mußte, um für ihr Leben gerüstet zu sein.

* * *

Eric war wieder allein; er hatte Sarah mit Gabriel nach Hause geschickt, und er bereitete sich auf das vor, was getan werden mußte. Er reinigte seinen Körper von den Spuren des Kampfes und entfernte auch das Weiß aus dem Gesicht.

Die Blitze der Erinnerungsbilder zuckten in immer rascherer Folge.

Er kam nach Hause. Shelly öffnete ihm die Tür, begrüßte ihn mit einem freudigen Lächeln. Er nahm sie kurzerhand in die Arme, hob sie hoch und trug sie in die Wohnung.

Mit entblößtem Oberkörper kehrte Eric ins Wohnzimmer zurück. Er hielt das schwarze Cape in der Hand.

Er trug Shelly ins Schlafzimmer. Behutsam legte er sie auf das Bett, und sie breitete die Arme aus, voller Sehnsucht.

Er vollführte eine Rolle quer durch das Turmzimmer. Genau vor dem Fenster kam er wieder auf die Beine.

Sie waren nackt. Ihre Hände auf der nackten Haut, forschend, sanft, voller Zärtlichkeit. Ihre Liebe war für die Ewigkeit bestimmt.

Welch eine Bedeutung hatte ihr Schwur von damals gewonnen! Eric wirbelte in komplizierten Tanzschritten durch den Raum; seine Energie verlangte nach Kompensation. Immer wilder und immer schwieriger wurden die ballettartigen Figuren. Dann verharrte er abermals vor dem Fenster und blickte hinaus auf die Stadt.

Die Krähe landete auf dem Fußboden und spähte mit ihm hinaus. Sie krächzte verhalten.

Eric trug das Cape zum Kamin und warf es ins Feuer. Er legte kurz die Hände vor das Gesicht, und dann beobachtete er, wie es verbrannte. Seine Hände ballten sich zu harten Fäusten.

Machtvolle Entschlossenheit durchströmte ihn.

* * *

Top Dollar ging auf und ab wie ein Tiger. Dann, mit einer jähen, schnellen Handbewegung, nahm er das Foto vom Tisch und hielt es dem Jammerlappen vor die Nase.

Skank zuckte zusammen, rechnete mit einem Hieb. Auf einem Stuhl neben dem Konferenztisch hockend, sah er mitgenommener aus als das sprichwörtliche Häufchen Elend. Sie hatten ihn hart rangenommen, vor allem Grange, dieser verfluchte schwarze Riese. Statt ihn reden zu lassen, hatte das Mistschwein ihn erst mal zusammengeschlagen. *Ihm* wollten sie jetzt die Schuld dafür in die Schuhe schieben, daß T-Bird an seinem eigenen Brandbeschleuniger-Cocktail zugrunde gegangen war. Und an all den anderen Sachen, die er immer im Kofferraum gehabt hatte. Wahnsinn! Er, Skank, hatte ja noch versucht, T-Bird einzuholen. Aber wenn der Junge zu blöd war, auf sich selber aufzupassen . . .

Skank kapierte nicht, weshalb sie ihn nicht verstanden. Oder *wollten* sie ihn nicht verstehen? Weil sie gern Leute quälten? Über dieses Teufelsweib wurden ja die heißesten Geschichten erzählt.

Vor Myca konnte man Angst kriegen, wenn sie einen bloß ansah. Die schwarzhaarige Hexe stand auf der anderen Seite des Tischs; mit ihren Kohleaugen durchschaute sie einen Mann bis auf die Knochen. Und mit ihren Fingernägeln brachte sie es garantiert fertig, einem die Augen auszukratzen.

Top Dollar selbst machte sich natürlich nicht die Finger dreckig. Dafür sollte er aber angeblich die furchtbarsten Sachen mit seinen Schwertern anstellen.

Skank zitterte, während er auf das Bild starrte. Er spürte, wie Grange sich hinter ihm auf die Stuhllehne stützte. Top Dollars Blick über den Rand des Fotos hinweg war ein hinterhältiges Lauern.

Das Bild zeigte die Rockband HANGMAN'S JOKE; es stammte laus dem »Club Trash«, dem Techno-Schuppen unter Top Dollars Privatgemächern.

»Das ist er«, sagte Skank und tippte mit dem Zeigefinger auf Eric Draven.

»Man muß sich nur noch dieses verrückte Make-up dazudenken«, sagte Grange mit nachdenklichem Nicken.

Top Dollar schürzte die Lippen.

Skank sah seine neue Chance, die Sache noch mal zu erklären. »Der Scheißkerl war weiß angemalt wie 'ne tote Hure! T-Bird hat mich in den Laden geschickt, damit ich 'n paar Bier für unterwegs hole. Ich hab den Kerl gesehen, der hat ihn richtig entführt, und ich bin natürlich hinterher! Aber dann hat er T-Bird in seinem Schlitten gebraten!« Er schluchzte. »T-Bird!T-Bird! Ruhe in Frieden, alter Freund!«

Top Dollar richtete sich kopfschüttelnd auf. »Am besten wär's wohl, wir nehmen das mit dem Videorecorder auf und lassen es hinterher in Zeitlupe ablaufen.« Er klatschte das Foto auf den Tisch und sah Grange an. »Hast du das Grab gesehen?«

»Es ist leer«, antwortete der hünenhafte Schwarze.

»Was für ein Grab?« heulte Skank alarmiert. »Was für ein gottverdammtes Grab?«

»Von vier Burschen hat er drei erledigt«, dachte Grange laut nach. »Und jetzt ist er auf dem Weg hierher. Genau hierher.« Er tippte auf die Schulter des Sitzenden.

»Das ist alles Funboys Schuld!« schrie Skank. »Das hat T-Bird auch gesagt! Und jetzt kommt dieser Geist hierher und reißt mir den Arsch auf!«

Top Dollar versetzte ihm eine Ohrfeige. Das Klatschen klang wie ein Schuß. Skank riskierte es nicht mehr, den Mund aufzumachen.

»Geist!« sagte der Langhaarige verächtlich.

»Es sind alle angekommen«, unterbrach Myca das Gespräch.

»Paß auf ihn auf«, sagte Top Dollar zu Grange, bevor er sich abwandte. »Ich werde ihn noch brauchen.«

* * *

Sergeant Albrecht sah ungefähr so aus wie damals, als er noch Kriminalbeamter in der Detective Division gewesen war. Er trug eine hellgrüne gefütterte Jacke, mit der er für das Novemberwetter bestens gerüstet war. Niemand konnte auch nur ahnen, daß ihm die Dienstmarke fehlte, die er bei Einsätzen außen an die Brusttasche der Jacke geklemmt hatte. Ausnahmsweise regnete es nicht, als Albrecht auf MAXI-DOGS zusteuerte.

Sarah saß'auf einem der Barhocker und war damit beschäftigt, einen großen weißen Kater mit einem Hot Dog zu füttern.

»Hallo, Kind«, sagte Albrecht und schob sich auf den Hocker neben Sarah. »Na, wie mag er ihn am liebsten, mit oder ohne Senf?«

Sarah antwortete nicht.

»Gut«, nickte Albrecht. »Dann redest du eben nicht mit mir.« Er wandte sich Mickey zu, wollte seine Bestellung aufgeben. Doch da bemerkte er, daß Sarah ihn ungewöhnlich zaghaft und schüchtern ansah.

»Wenn jemand tot ist . . .«, fragte sie leise und zögernd, »dann kann er doch nicht zurückkommen, oder?«

»So haben wir's in der Schule gelernt«, bestätigte Albrecht. »Redest du von einer bestimmten Person?«

»Ich weiß nicht . . .«

Albrecht schwenkte sich auf dem Hocker zu ihr herum.

»Gibt es jemanden, über den du mit mir reden möchtest?«

Sarah preßte die Lippen zusammen. Dann sagte sie leise: »Sie werden doch nur denken, daß ich ein verrücktes kleines Mädchen bin.«

»Dann wird man uns beide einsperren müssen.«

Sarah blickte überrascht zu ihm auf. »Sie haben ihn auch gesehen?«

»Ich habe *jemanden* gesehen. Vielleicht war es dein Geister-Pate. Kann das sein?«

»Eric ist nicht meinetwegen zurückgekommen.« Sarah atmete tief durch. Es fiel ihr schwer, weiterzusprechen. »Er kann nicht mehr mein Freund sein, weil . . . weil ich . . . lebe.«

»Hat er dir das gesagt?« Albrecht sah bestürzt aus.

Sarah nickte und wischte sich eine Träne ab.

Fürsorglich legte der Ex-Sergeant seinen Arm um ihre schmale Schulter. »Na komm! Wenn du jemanden brauchst, der auf dich aufpassen soll – hier bin ich.«

Sarah schüttelte seinen Arm ab. »Sie sind ein Cop.«

Albrecht schmunzelte. »Darüber brauchst du dir keine Gedanken mehr zu machen. Vor ziemlich genau zehn Minuten habe ich dieses Privileg verloren.« Er stand auf und fragte: »Brauchst du einen Freund, der dich nach Hause bringt?«

Sarah erwiderte seinen Blick. Sie nickte.

Dann nahm sie Gabriel vom Tresen.

* * *

Dunkle Wolkenbänke hingen schwer über der Stadt. Nur am westlichen Horizont war die Wolkendecke aufgerissen, und die untergehende Sonne versuchte noch einmal ihre Macht zu demonstrieren, indem sie einige Wolken blutrot färbte.

Eric war mit der Gitarre und dem kleinen Verstärker auf das Dach hinausgegangen. Die Krähe war bei ihm, sie wich nun nicht mehr von seiner Seite.

Auf einem Dachvorsprung sitzend, spielte Eric das Stück, das er Shelly gewidmet hatte. Hatte er ihr Lied zuvor stets gedankenversunken gespielt, eingetaucht in die Zärtlichkeit seiner Erinnerungen an Shelly, so war es jetzt völlig anders.

Kraftvoll dröhnten die Akkorde über die Dächer, voller Entschlossenheit fügten sich die Töne zu den gewagtesten Harmonien.

Eric spürte, was sich in ihm selbst geändert hatte.

Unbeugsame Kraft hatte den Schmerz ersetzt.

Und ein Gefühl des baldigen Heimkehrens gesellte sich dazu.

Eric steigerte die Musik zu einem schrillen Höhepunkt, riß sich wie ein Wilder die Gitarre über den Kopf und schmetterte sie auf den Verstärker. Krachend und zischend gab das Gerät seinen Geist auf.

Die Einzelteile der Gitarre segelten in die Straßenschlucht.

Gemeinsam mit der Krähe wandte sich Eric ab.

Sie konnten diesen Ort nun verlassen.

* * *

Im »Club Trash« fand an diesem Abend ein Live-Konzert statt. Schon in der ersten Stunde kochte und dampfte das Gewölbe. Die Band produzierte einen pulsierenden, maschinenhaften Rhythmus. Die Musiker steigerten sich immer mehr hinein, bis die Grenze zur Tortur erreicht war. Und sie schafften es, die wogende Masse auf den Tanzflächen dazu zu bringen, sich mindestens genauso zu verausgaben.

* * *

Ein Stockwerk höher hatte sich der Konferenzraum gefüllt.

Die Unterführer hatten ihre Plätze am Tisch eingenommen – Männer in teuren Anzügen und mit den unterschiedlichsten Duftnoten exquisiter Parfüms und Eau de Toilette der Kategorie »for men«. Goldene Siegelringe schimmerten im Lampenlicht, Diamanten glitzerten auf Krawattennadeln.

Die Leibwächter standen in der zweiten Reihe, meist waren es zwei pro Unterführer.

Die Maschinenpistolen umgehängt, waren die Bodyguards keine Sekunde entspannt, ließen ihre aufmerksamen Blicke unablässig durch den Raum schweifen. Eine berufsmäßige Angewohnheit, die hier überflüssig wirkte, da Top Dollars Ausspruch, sein Heim sei seine Burg, allen bekannt war.

Die Unterführer hatten ihre eigenen Waffen auf den Tisch gelegt – Automatikpistolen, Revolver, Mini-Uzis. Neben den Drinks und den Aschenbechern lagen außerdem Bündel von Geldscheinen – vorsorglich, als Ankündigung für den gemütlichen Teil. Dann wurde gepokert.

Die gedämpften Gespräche der Männer brachen ab, als Top Dollar und sein Gefolge von den Privatgemächern her eintraten. Daß diesmal die Kanalratte Skank dabeisein würde, war allen bekannt. Grange bugsierte ihn auf einen Stuhl abseits der Konferenzteilnehmer, an der Längsseite des Tischs. Dann kehrte der hochgewachsene Schwarze zu Top Dollar und Myca zurück. Die beiden hatten sich an das Kopfende gesetzt. Grange blieb hinter seinem Arbeitgeber stehen.

Top Dollar trug einen schwarzen Seidenanzug, der an den Revers mit Goldfäden verziert war.

Stärkeres Interesse rief bei den Konferenzteilnehmern allerdings Myca hervor. Daß es ein außergewöhnliches

Vergnügen war, sie anzusehen, hatte sich herumgesprochen. Sie hatte diese gewisse Ausstrahlung, die einem Mann sofort unter die Haut geht.

Und es gab keine weiblichen Unterführer in Top Dollars Organisation. Als persönliche Beraterin war seine Halbschwester die einzige Ausnahme.

»Männer«, sagte Top Dollar, indem er sich zurücklehnte und die Hände mit ausgestreckten Armen auf den Rand der Tischplatte legte. »Unser Freund T-Bird wird uns heute abend keine Gesellschaft leisten – wegen eines leichten Falles von – Tod.«

Die Zuhörer grinsten und wechselten Blicke.

Skank sprang auf, versuchte sich händewedelnd bemerkbar zu machen.

Doch eine Handbewegung von Top Dollar genügte. Zwei feixende Leibwächter setzten Skank wieder auf seinen Stuhl. Unsanft. Skank quiekte schmerzerfüllt.

»Ja, ja, ja . . .«, fuhr Top Dollar in seiner gewohnten Gelassenheit fort. »Die Nacht des Teufels liegt wieder mal hinter uns. Grund genug, eine kleine Party zu feiern. Wir werden aber noch ein paar Feuer machen und noch ein bißchen Profit hereinholen.«

»Ich mag die hübschen Lichter«, erklärte Myca feierlich.

Die Unterführer lachten. Wenn Myca scherzte und dieses angedeutete Lächeln ihre Lippen umspielte, war sie ein hinreißender Anblick.

»Aber ich muß euch sagen«, fuhr Top Dollar fort, »es ist jetzt erledigt. Ihr wißt, wovon ich rede?«

»Es gibt doch keinen Grund, jetzt aufzuhören!« rief Braeden, ein schwarzhaariger Mann mit auffällig großen Koteletten, der gleich rechts von Top Dollar saß.

»Falsch«, entgegnete der Anführer der Organisation ruhig.

»Es gibt den besten Grund, aufzuhören, den einzigen Grund, aufzuhören.« Versonnen ließ er den Blick über die Versammlungsrunde schweifen. »Ein Mann hat eine Idee. Die Idee zieht andere an. Gleichgesinnte. Die Idee breitet sich aus. Die Idee wird eine Institution. Was die Idee uns verschafft, wird wichtiger als die Idee selbst. Das Paradegeschirr wird wichtiger als die eigentliche Idee. Ein Faksimile der Idee wird wichtiger als die Idee selbst. Dann die Erinnerung an die Idee. Aber – wie war die Idee eigentlich noch?« Er hob die Hand und ließ sie wieder fallen. »Seht ihr. Das ist es, was mich beschäftigt hat. Denn wenn ich früher an die Idee dachte, rief sie ein Lächeln auf meinem Gesicht hervor. Ich meine nicht das Lächeln von persönlichem Gewinn oder frivoler Verwirrung. Ich meine den Geist. Hat einer von euch Jungs in der letzten Zeit mal *so* gelächelt?«

Er blickte in die Runde. Alle hatten verstanden, wovon er redete. Aber keiner wußte eine Antwort.

»Traurig«, sagte Top Dollar dumpf. »Wo stehen wir denn nun, Freunde? Nach all den Gettysburgs und Iwo Jimas, nach all den gottverdammten Unabhängigkeitserklärungen – wo stehen wir? Versetzt euch mal in die Lage eines schmutzstarrenden Kolonisten, wie er seine Musketenkugel in den Kopf eines Rotrocks jagt. Glaubt ihr, daß der Bursche auch nur die entfernteste Vorstellung von Wolkenkratzern hatte? Oder von Kabelfernsehen und parfümiertem Toilettenpapier? Und wer hat davon profitiert? Washington? Rockefeller? Nein. Ich sage euch, wer: dieser Scheißer damals, da draußen, wie er mit einem breiten Grinsen im Gesicht seine Muskete abgefeuert hat – *er* hat den Nutzen.« Top Dollar beugte sich vor, legte die Unterarme auf den Tisch. »Kurz gesagt, Freunde – Habgier ist für Amateure. Aufruhr, Anarchie, Chaos – *das* ist der Spaß!«

»Was ist mit der Nacht des Teufels?« rief Sanchez, ein schlanker Latino mit jettschwarzem Haar.

Top Dollar sah ihn an. »Was soll damit sein? Ich habe das erste verdammte Feuer in dieser Stadt gelegt. Sehr bald tauchten alle möglichen Scharlatane und Arschlöcher auf, die mich imitierten. Heute gibt's sogar Grußkarten zur Nacht des Teufels. Ist das nicht wunderbar? Die Idee ist zur Institution geworden. Jetzt ist die Zeit für etwas Neues gekommen.«

Jugger meldete sich zu Wort, ein leicht übergewichtiger Mann mit schütterem Haar. Er gehörte zu den Unterführern, die am längsten dabei waren. »Was ist dann mit unserem Plan, die ganze Scheißstadt anzustecken?«

Top Dollar erhob sich von seinem Platz. »Ich sage euch, macht ein Feuer – so groß, daß die Götter wieder Notiz von uns nehmen! Ich will, daß ihr mich anseht und mir antwortet . . .« Er ließ seine Stimme dröhnen. »Werden wir Spaß haben?«

Zustimmende Rufe und beifälliges Gemurmel waren die Reaktion.

Top Dollars Blick richtete sich auf Skank.

* * *

Die Krähe hatte ihn geführt, zuverlässig und zielstrebig wie von Anfang an. Es war ein weiter Weg gewesen, doch Eric verspürte nicht die geringste Erschöpfung. Denn er wußte, daß er nun bald sein Werk beenden konnte. Er war dazu in der Lage, doch er wußte auch, daß er ungeheure Hindernisse zu überwinden hatte.

Er würde übermenschliche Kräfte brauchen.

Gemeinsam mit seinem gefiederten Begleiter erreichte er einen geeigneten Dachvorsprung, auf dem sie vor dem entscheidenden Schritt pausieren konnten.

Durch die geöffneten Fenster des Konferenzraums sahen sie ihn.

Die Nummer vier.

Skank, der letzte auf der Liste.

Aber auch jene, die hinter allem standen, waren anwesend.

Eine bessere Gelegenheit hätte die Krähe nicht ausfindig machen können.

Top Dollar ging mit gravitätischen Schritten um den Tisch herum.

Skank war in seinem Stuhl geschrumpft. Aber er versuchte nicht, wegzulaufen. Er wußte, daß das seine Situation nur noch verschlimmern würde.

Er zog den Kopf zwischen die Schultern, als Top Dollar hinter seinem Stuhl stehenblieb.

»Na los!« sagte der Anführer mit seinem rauhen Baß. »Wie war dein Name doch gleich? Skank – ja, Skank, merkst du eigentlich, wie privilegiert du bist? Daß du miterleben darfst, wie Geschichte gemacht wird?«

»Ich fühle mich wie ein Wurm an einem verdammten Haken«, gestand Skank ächzend.

Die Unterführer und ihre Leibwächter lachten.

»Ein kleiner Wurm an einem großen Haken!« rief Top Dollar. »Das ist sehr witzig. Deine Mutter muß stolz auf dich sein.«

Abermals lachten alle. Und diejenigen, die ihren Boß gut kannten, ahnten bereits, was er vorhatte. Er würde sein Spielchen mit dem Handlanger dort auf dem Stuhl treiben. Er würde ihn reizen, ihn lächerlich machen, ihn herausfordern. Und dann würde er zu seinem Lieblingsspielzeug greifen.

Zum Schwert.

Über sein letztes Opfer, den Hehler Gideon, war in eingeweihten Kreisen viel geredet worden. Die Anwesenden gehörten zu diesen Kreisen, und nicht wenige unter ihnen waren der Meinung, daß Top Dollar in bezug auf Gideon einen Fehler gemacht hatte.

Top Dollar hatte sonst nie Fehler gemacht.

Er lachte heiser und klopfte Skank auf die Schulter, daß es klatschte.

Ein anderes Klatschen war plötzlich zu hören.

Die Männer am Tisch duckten sich erschrocken unter dem Luftzug – verursacht vom Schwingenschlag der Krähe.

Sie landete mitten auf dem Tisch.

Und krächzte.

Reflexartig griffen die Unterführer zur Waffe. Doch dann machten sie ratlose Gesichter, als sie sahen, daß sie auf einen harmlosen Vogel zielten.

»Wow!« rief Top Dollar staunend. »Wie kommt denn so was hier rein?«

Skank stieß einen Schrei des Entsetzens aus. Er wollte aufspringen, aber Top Dollar drückte ihn auf den Stuhl zurück. Skank wimmerte vor Angst.

Im selben Augenblick stieß sich die Krähe von der Tischplatte ab und flog auf den Wandschrank.

Ein Schatten huschte durch das Fenster herein.

Federnd, fast lautlos landete Eric auf der Schmalseite des Konferenztischs, wo niemand saß.

Skank schrie auf.

Die Waffen aller Anwesenden flogen hoch, richteten sich auf den Eindringling im schwarzen Trikot.

»Gentlemen«, sagte Eric in geschäftsmäßigem Ton. »Ich nehme an, Sie fragen sich, weshalb ich Sie alle hergebeten habe.«

Top Dollar gab ein verächtliches Knurren von sich. »Wenn es eine Sache gibt, die ich nicht leiden kann«, er fixierte den Schwarzgekleideten mit scharfem Blick, » . . .dann sind das Leute, die unangemeldet in eine Party platzen.« Er stieß die Luft durch die Nase aus. »Soso, du bist also der Rächer – der Killer aller Killer.« Er deutete auf Erics Kleidung. »Nettes Outfit. Aber das Gesicht – also, ich weiß nicht.«

Eric zeigte auf Skank. »Ich will nur ihn.«

Skank zuckte zusammen wie unter einem Hieb. Er gab kleine, erstickte Laute der Angst von sich.

»Tut mir leid«, antwortete Top Dollar. »Den kannst du nicht kriegen.«

Eric nickte. »Ich verstehe. Du hast deine Entscheidung getroffen. Dann wollen wir mal sehen, wie du sie durchsetzt.«

»Diese Scheiße geht mir langsam mächtig auf die Nerven«, brüllte Top Dollar. »Tötet ihn!«

Sämtliche Waffen hämmerten gleichzeitig. Pistolen, Revolver, Maschinenpistolen. Das Krachen der Schüsse verdichtete sich zu einem Donnern, das die Trommelfelle an die Grenze ihrer Belastbarkeit brachte.

Eric wurde von den Einschüssen durchgeschüttelt wie ein morscher Baum von tückischen Böen.

Mehr als fünfzig Kugeln durchschlugen seinen Brustkorb in rasender Folge, und es war die gewaltige Wucht dieser Einschläge, die ihn umwarf.

Rücklings kippte er vom Tisch. Keiner sah, wie er sich im Fallen eine Automatik schnappte.

Gleich hinter der Schmalseite des Konferenztischs landete er auf dem Teppichboden, wo sie ihn nicht mehr sehen konnten.

»Also – das *mußte* ja weh tun«, sagte Top Dollar andächtig in die Stille hinein.

Die Gangster lachten, warfen die Waffen auf den Tisch und klatschten sich selbst Beifall.

Die Krähe gab ein beinahe trauriges Krächzen von sich und flog auf den Sims des offenen Fensters.

Wieder erscholl Gelächter. Sie waren mit sich zufrieden. Dieser verrückte Rächer hatte die Quittung gekriegt, die er verdiente.

Eric hörte ihre Reaktion, verstand, wie überlegen sie sich fühlten. Er spürte keinen Schmerz, nur dieses Zucken in der Brust; er spürte, wie sich seine Wunden schlossen.

»Der ist erledigt«, sagte der Leibwächter, der dem Tischende am nächsten war. Er setzte sich in Bewegung, um nachzusehen.

Als er sich über die Tischkante beugte, krachte ein einzelner Schuß.

Die Kugel schlug dem Leibwächter in den Kopf und schleuderte ihn zurück, den anderen entgegen. Eine Schrecksekunde lang waren sie fassungslos. Und dann erwischte der Schock sie wie ein Hammerschlag.

Der Mann, den sie für tot gehalten hatten, schnellte hinter dem Tisch hoch – quicklebendig und mit der Automatik im Anschlag.

Das Inferno begann.

Eric feuerte auf zwei Kerle, die den Schreck am schnellsten überwanden und ihre Waffen hochrissen. Zum Durchziehen kamen sie nicht mehr; Erics Kugeln töteten sie, bevor sie den Zeigefinger krümmen konnten.

Doch im nächsten Moment hatten die anderen ihre Waffen bereit. Schüsse hämmerten in wahnwitziger Folge. Einige der Unterführer ließen sich fallen, versuchten, unter dem Kugelhagel wegzukriechen. Sie begegneten Skank, der sich schreiend unter dem Tisch verkroch. Sie sahen Top Dollar, der hinter dem Tisch in Deckung gegangen war.

Grange schützte ihn, indem er in kurzen Abständen hinter der Tischkante hochkam und auf den Unverwundbaren feuerte.

Myca hastete geduckt aus der Gefechtszone, pirschte auf die Krähe zu, als diese von der Fensterbank flog und Deckung auf dem Fußboden suchte. Myca war geschickt und gelenkig; aus zwei Metern Entfernung warf sie sich auf den schwarzen Vogel, um ihn zu fangen.

Die Krähe reagierte im letzten Moment, hüpfte vor den zupackenden Händen der Frau davon. Nur eine Feder verlor sie, als sie die Flucht ergriff und durch das Fenster verschwand.

Eric wurde getroffen und feuerte.

Er feuerte und wurde getroffen.

Doch während er auf den Beinen blieb, verringerte jede seiner Kugeln die Zahl der Gegner. Nur ein einziger Gedanke bewegte sie alle, während sie wie besessen Kugel um Kugel aus dem Lauf jagten:

Irgendwann muß er umfallen!

Und wenn es allein das Gewicht des Bleis war, mit dem sie ihn spickten. Hölle und Teufel, er konnte doch nicht ewig auf den Beinen bleiben!

Der infernalische Lärm wollte nicht enden.

Nach achtzehn Schuß war das Magazin der Automatik leer. Eric warf die Waffe weg. Kugeln orgelten über ihn hinweg wie ein Schwarm wütender Hornissen, als er sich nach vorn warf und einem der Toten eine MPi entriß. Die Waffe hatte ein Doppelmagazin. Eric schlug eine Rolle rückwärts, dann noch eine – und kam auf der anderen Seite des Tischs wieder hoch.

Wieder war das Überraschungsmoment auf seiner Seite. Bevor sie sich erneut auf ihn eingeschossen hatten, mähte er mit einer Feuergarbe vier Leibwächter auf einmal um.

Die Unterführer, schon bei der Tür, mußten erkennen, daß sie es nicht schaffen konnten. Einer hatte die Tür bereits aufgerissen. Als er herumwirbelte, um auf Eric zu feuern, erwischte ihn eine volle Kugelgarbe. Er wurde in die Discothek hinuntergeschleudert, wo eine Spiegelwand unter seinem Anprall zu Bruch ging. Unter Scherben begraben, aus zahllosen Wunden blutend, blieb er liegen.

Nur die Tanzenden in unmittelbarer Nähe wichen schreiend aus. Die Mehrzahl bekam nichts mit. Die Masse der Schwitzenden wogte weiter auf den Tanzflächen, und die Band hörte nicht auf, ihren maschinenmäßigen Rhythmus zu produzieren.

Die Leibwächter formierten sich zu einem letzten, verbissenen Widerstand.

Eric schüttelte sich unter ihren Kugeln, schnellte zu Boden, feuerte beim Hochtauchen – und achtete darauf, daß keiner verschwinden konnte. Mit zwei Kugeln knallte er ihnen die Tür vor der Nase zu. Als sie sich herumwarfen und verzweifelt feuerten, was die Pistolenläufe hergaben, konterte Eric mit einem einzigen Feuerstoß. Das reichte, um sie auszuschalten.

Die Auswahl an Waffen war groß.

Wieder tauchte er kurz weg. Zwischen den verkrümmten und blutenden Leibern am Boden fand er eine weitere Uzi, dann eine Beretta. Er sah den zitternden Skank. Und er sah, wie Grange den Anführer und seine Halbschwester nach nebenan in Sicherheit brachte.

Noch bevor er wieder auf den Beinen war, feuerte Eric beidhändig. Die Mündungsfeuer sprangen sich gegenseitig an. Nur für einen Moment wankte Eric unter der Wucht der Einschüsse, aber das reichte für Top Dollar. Er verschwand mit Myca und Grange hinter einer zufliegenden Tür.

Die letzten beiden Leibwächter wollten sich ebenfalls

zurückziehen, feuerten aber immer noch. Eric brachte sie mit wenigen gezielten Kugeln zum Verstummen.

In die plötzlich einkehrende Stille drangen Polizeisirenen.

Und Skanks Wimmern.

Eric ließ die Waffen fallen und holte den Kerl unter dem Tisch hervor. Er knurrte: »Sieht nicht so aus, als ob es eine gute Nacht für einen schlechten Kerl ist – stimmt's, Skank?«

Er packte ihn am Kragen und am Hosenbund.

Der letzte der Viererbande schlotterte. »Nein, nein, warte!« flehte er. »Ich bin nicht Skank! Skank ist da drüben!« Mit ausgestrecktem Arm zeigte er auf die Toten. »Skank ist tot, Mann!«

»Da hast du recht«, sagte Eric kalt.

Und er schleuderte ihn durchs Fenster.

In einem Sprühregen von Scherben segelte Skank hinaus. Sein Schrei gellte durch die Straße, übertönte das Heulen der Sirenen. Die ersten Streifenwagen rasten heran.

Skank knallte auf das Dach eines der blau-weißen Fahrzeuge. Sein Körper wurde zerschmettert, löschte das Rotlicht aus.

Für die Dauer eines Atemzugs stand Eric wie benommen.

Seine Rache war erfüllt.

Was wollte er *noch*?

Er hatte die Mörder getötet. Die Bestien, die Shellys Leben ausgelöscht hatten. Und sein eigenes.

Es war getan.

Hatte Top Dollar der Viererbande wirklich den Auftrag gegeben, die widerspenstigen Mieter *umzubringen*? Oder war das die einsame Entscheidung T-Birds und seiner brutalen Truppe gewesen? Jedenfalls: Die Verbrecherorganisation war vernichtet. Top Dollar würde in dieser Stadt kein Bein mehr auf den Boden bringen.

Sei zufrieden, sagte eine innere Stimme.

Er wurde einer Entscheidung enthoben. Wenigstens vorläufig.

Immer mehr Sirenen gellten unten in der Straße. Hubschrauber waren zu hören. Und in der Discothek ertönten die schneidenden Stimmen von Polizeibeamten, die sich ihren Weg bahnten. Die Treppe hinauf. Schon war das Poltern ihrer Schritte zu hören.

Eric löste sich aus seinen Gedanken, lief zu dem offenen Fenster, das auch die Krähe benutzt hatte.

Er sprang in dem Moment, in dem die Tür krachend aufflog.

»Polizei! Keine Bewegung!« brüllten barsche Stimmen.

Eric lächelte im Sprung. Sie riefen tatsächlich nicht ›Hände hoch!‹.

Doch gleich darauf wurde es ernst, bitterernst. Noch während er auf dem Dachvorsprung landete und die Stimmen hörte, die Anweisungen über Funk durchgaben, schwoll das Rattern von Hubschrauberrotoren an. Grelle Lichtfinger von Suchscheinwerfern strichen über die Dächer.

Da sah er die Krähe, seinen treuen gefiederten Freund.

Er folgte ihr, wie er es getan hatte, seit er aus dem Grab gestiegen war. Die Krähe geleitete ihn von Dach zu Dach, suchte den Weg für ihn, den er nehmen konnte. Im Sprung überwand er die Abgründe zwischen Häusern, die Höhenunterschiede von Stockwerken.

Durch die Straßen rasten Streifenwagen mit heulenden Sirenen und kreisenden Rotlichtern, von den Besatzungen der Hubschrauber dirigiert. Denn die schwirrenden Riesenlibellen waren der Krähe ebenbürtig – und mit ihren Scheinwerfern sogar überlegen.

Eric bekam es zu spüren, als die Lichtfinger ihn immer häufiger erfaßten. Und dann peitschten die ersten Schüsse von oben, aus den Bäuchen der Maschine, die am dichtesten dran war. Er hörte, wie die Geschosse klackend auf die Dächer schlugen.

Einzelne Kugeln konnten ihm nicht gefährlich werden. Doch die Cops dort oben verfügten möglicherweise über andere Mittel. Was, wenn ihn eine Gewehrgranate zerreißen würde? Oder eine Rakete?

Schlagartig wurde ihm bewußt, daß sein Heimweg gefährdet war.

Seine Heimkehr zu Shelly.

Er hatte zu lange gezögert, dort in Top Dollars Hauptquartier. Jetzt bekam er dafür die Quittung.

Auf den Dächern war er nicht mehr sicher. Er mußte sich etwas einfallen lassen, mußte seine Taktik ändern.

Er erreichte das Ende eines Gebäudes, das Ende einer Sackgasse. Und er sprang, ohne über die Dachkante zu blicken.

Der Suchscheinwerfer tauchte ihm nach, als er vier Stockwerke tief fiel. Ein Müllcontainer bremste seinen Sturz. Der Scheinwerfer war wieder da und erfaßte sein Freikommen aus dem Container.

»Shelly!« schrie er, während er rannte. »Shelly!« Er gewann einen Vorsprung vor dem Scheinwerfer, schlug Haken, tauchte in dunkle Torwege. Auf diese Weise erreichte er die nächste Kreuzung.

Jäh schoß ein Wagen von links heran. Stoppte mit kreischenden Reifen.

Aus, dachte Eric und wartete auf die auffliegenden Türen und herausspringende Cops.

Doch beim zweiten Hinsehen stellte er fest, daß da kein Rotlicht war, keine Sirene. Und nur die Beifahrertür wurde aufgestoßen. Ein Privatwagen.

Am Lenkrad saß Albrecht. Der Ex-Sergeant. »Komm schon! Beweg dich!« rief der hünenhafte Schwarze.

Er gab sofort Gas, als Eric sich auf den Beifahrersitz warf. Die Tür flog zu. Der Wagen beschleunigte. Mit rasantem Powerslide riß Albrecht die Limousine in die nächste Abzweigung.

Eric keuchte. Als er sich umdrehte, konnte er die Streifenwagen sehen, die hinter ihnen über die Kreuzung rasten – in die falsche Richtung.

»Runter!« rief Albrecht. »Es sind zu viele Cops unterwegs. Man könnte denken, die verteilen hier kostenlose Doughnuts!«

Eric befolgte die Anweisung, kauerte sich vor den Sitz.

»Du bist ein guter Mann«, sagte er. »Du wirst es regeln müssen. Ich kann es nicht. Aber trotzdem solltest du dies alles nicht tun.«

»Ich stecke sowieso schon bis zum Hals im Schlamassel. Darauf kommt es jetzt auch nicht mehr an.«

Eric blickte ihn direkt an. »Kümmere dich um Sarah. Und trauere nicht um mich.«

Albrecht kam zu keiner Antwort. Auf der Kreuzung, auf die er zujagte, tauchte ein Streifenwagen auf, quer zu seiner Richtung – und versperrte die Fahrbahn.

»Scheiße!« knurrte Albrecht und stieg in die Bremse.

Als er den Wagen zum Stehen gebracht hatte, war die Beifahrertür offen.

Eric war nicht mehr zu sehen.

»Ich wußte, daß du das tun würdest«, murmelte Albrecht – nicht ohne Bewunderung.

* * *

Abseits der Verfolgungsjagd rollte die Limousine Top Dollars durch die Nacht. Grange fuhr. Der Anführer und seine Halbschwester saßen im Fond. Top Dollar blickte durch die Heckscheibe.

»Seht euch das an«, sagte er. »Die ganze Stadt müßte jetzt in Flammen stehen. Der Himmel müßte rot sein.«

Grange blickte in den Innenspiegel. »Wenn ich's richtig mitgekriegt habe, müßte das vorhin der verstorbene Eric Draven gewesen sein.«

»Yeah«, entgegnete Top Dollar gedehnt. Er wandte sich nach vorn. »Besser verstorben als lebendig. Kommt in meine Stadt und kennt keine Menschenseele. Hat keine Verbindungen, keine Beziehungen. Bringt meine besten Mitarbeiter um. Spaziert aus dem Nichts in meine Geschäftsräume. Die Männer schießen auf ihn mit allem, was sie haben, und trotzdem macht er weiter. Er könnte längst in Frieden ruhen, aber er ist verdammt entschlossen. Und niemand zahlt ihm einen Penny für das, was er tut. Das muß man bewundern, ob man will oder nicht.«

Myca bedachte ihn mit einem Seitenblick. »Dies ist Teil deines Schicksals. Er hat Macht. Aber du kannst ihm die Macht nehmen.« Sie führte die Krähenfeder zu ihrem Auge.

»Ich fange an, den Kerl zu mögen«, gestand Top Dollar.

Myca lächelte geheimnisvoll. »Die Krähe ist das Verbindungsglied zwischen dem Land der Lebenden und dem Reich der Toten. Ich habe sie berührt; ich habe es gespürt.«

»Dann töten wir die Krähe, und der Mann ist vernichtet«, folgerte Grange.

Myca und Top Dollar lächelten zustimmend.

7

Sarah muß leben

In den Straßen war es lebendig geworden. Laternenlichter geisterten durch die Dunkelheit. Fröhliche Scharen maskierter Menschen begegneten Eric auf seinem Weg. Er war dem Sirenengeheul der Streifenwagen und den Suchscheinwerfern der Hubschrauber entronnen. Die Krähe saß auf seiner Schulter, und für niemanden war es ein ungewöhnlicher Anblick. Dies war Halloween, die Nacht, in der alles erlaubt war.

Er erreichte den Friedhof.

Vor dem Nachthimmel, von Mond und Sternen erhellt, zeichnete sich der Kirchturm ab. Eric fand seinen Weg mühelos, denn es war sein Heimweg.

Es erstaunte ihn nicht, Sarah vorzufinden. Sie kauerte auf Shellys Grab, an ihren Grabstein gelehnt. Als Eric vor ihr auftauchte, erwachte sie aus dem Halbschlaf. Sie blinzelte, rieb sich die Augen.

»Jetzt sagst du mir bestimmt, ich sollte nicht mitten in der Nacht auf einem Friedhof herumhängen. Stimmt's?«

Eric sah sich um, dann kniete er sich neben sie. »Dies ist der sicherste Platz der Welt.«

»Weil alle tot sind«, entgegnete Sarah ernst. »Ich wußte, daß du herkommen würdest.«

»Es ist sehr spät, Sarah.«

»Du hast dich nicht verabschiedet.«

Eric wußte, daß sie sich verlassen fühlen würde. Aber wie konnte er sie trösten?

»Ich muß dich dafür um Verzeihung bitten«, sagte er heiser.

»Und du wirst nie zurückkommen?«

Eric tastete nach dem Ring, den er an einer Lederschnur um den Hals trug. »Ich weiß nicht, ob ich es kann«, flüsterte er. Seine Worte galten mehr dem Ring als Sarah. Das Gold funkelte im Licht des Mondes, als er sich die Lederschnur über den Kopf zog. »Diesen Ring habe ich einmal Shelly gegeben. Jetzt sollst du ihn haben. Dadurch wirst du dich immer an sie erinnern.«

Eric hängte ihr die Lederschnur um. Sarah betrachtete den Ring voller Ehrfurcht.

»Ich werde ihn niemals abnehmen«, sagte sie. »Wenn du mir versprichst, nicht für immer wegzugehen.«

»Für dich würde ich es wirklich ernsthaft versuchen.«

Eric schloß sie in die Arme.

»Jetzt muß ich mich nach Hause schleichen«, sagte sie schließlich. Tränen standen in ihren Augen. Sie löste ihre Hand aus der seinen, hob ihr Skateboard auf und ging.

Eric wandte sich ab, ging mit gesenktem Kopf auf sein Grab zu.

* * *

Auf dem Hauptweg stieg Sarah auf das Skateboard. Sie stieß sich ab und rollte durch das Tor, hinaus in die Dunkelheit der Straße.

Sie fuhr direkt hinein in den eisenharten Griff.

Grange hob sie mit spielerischer Leichtigkeit hoch. Das Skateboard schoß davon. Mit der Hand verschloß er ihr den Mund, als er sie wegschleppte. Sie wehrte sich verzweifelt, doch gegen die Bärenkräfte des Mannes hatte sie nicht den Hauch einer Chance.

* * *

Die Augen des hochgewachsenen Schwarzen leuchteten triumphierend, als er mit dem zappelnden Mädchen in das Kirchenschiff lief. Säulen ragten ehrfurchtsgebietend auf, zwischen den Bänken lagen tiefe Schatten.

Myca und Top Dollar erwarteten ihn vor dem Altar.

Grange stellte Sarah auf die Beine und hielt sie fest. Top Dollars Blick fiel auf den Ring an der Lederschnur.

»Ein kleines Andenken von deinem Freund?« sagte er höhnisch. Und mit einer schnellen Handbewegung zog er ihr das Lederband über den Kopf.

Tränen schossen ihr in die Augen, doch Grange hielt sie unerbittlich, und seine Hand versiegelte ihr den Mund.

Top Dollar hängte sich den Ring selbst um.

Myca spielte mit der Krähenfeder; sie konnte den Blick nicht von dem Mädchen wenden. »Ihre Augen sind so unschuldig«, murmelte sie, und ihre Miene verriet, wie sehr sie sich diese Augen wünschte.

* * *

Eric kniete nieder und berührte den Grabstein. Er war bereit. Er wartete. Plötzlich durchzuckte ein Schmerz seine Hand. Als wäre der kühle Stein auf einmal glühend heiß.

Sarahs Stimme gellte über den Friedhof.

»Eric!«

Er richtete sich auf, horchte in die Nacht, von der er seinen Frieden erwartet hatte.

Auf einmal war die Krähe da, und ihr Krächzen ähnelte Sarahs Hilfeschrei.

Eric rannte, folgte der Krähe, die ihm abermals den Weg wies.

Minuten später erreichte er die Kirche. Er stürmte die Stufen hinauf. Das Gotteshaus hatte die Ausmaße einer Kathedrale. Eric lief durch das offene Portal, verlangsamte

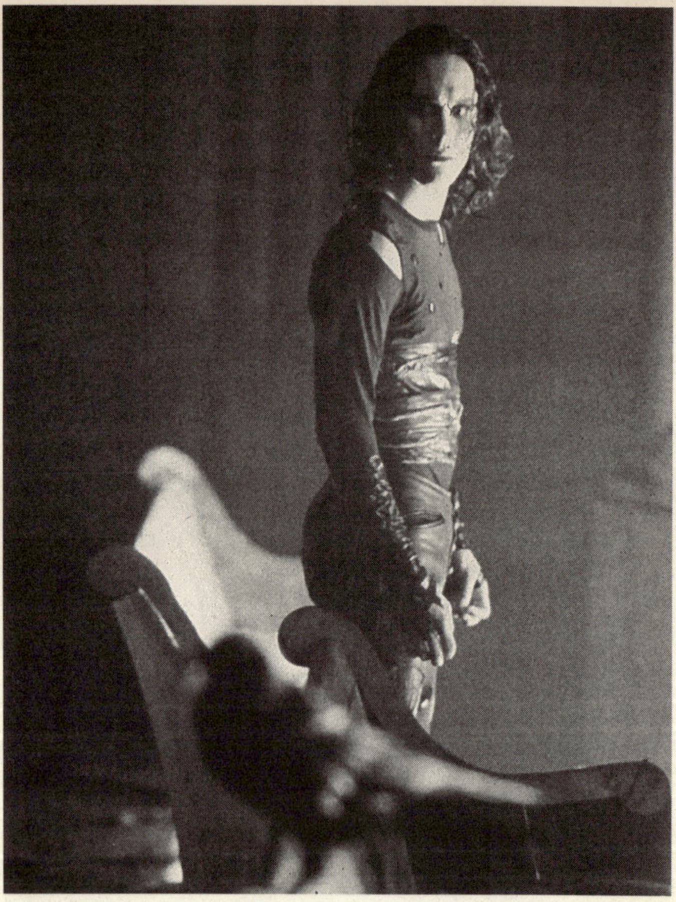

seine Schritte. Überall, in den Schatten zwischen Säulen und Bänken, konnte die Gefahr lauern. Er glaubte, Sarahs verzweifelte Rufe zu hören, aber er konnte sie nicht sehen. Nirgendwo war eine Menschenseele zu sehen.

Die Flügelschläge der Krähe hallten im Kirchenschiff wider.

Eric hatte den riesigen Raum zur Hälfte durchquert, als es geschah.

Grange tauchte aus der Kanzel hoch, wo er gelauert hatte. Blitzschnell hatte er seine Waffe im Anschlag. Ein Schnellfeuergewehr. Das Laserzielgerät war eingeschaltet. Der bleistiftdünne rote Strahl stach in das Halbdunkel. Erfaßte sein Ziel.

Eric duckte sich im Laufen, wich der Kugel aus, die für die Krähe bestimmt war. Er stolperte, fing sich jedoch gleich wieder.

Die zweite Kugel aus dem Schnellfeuergewehr raste auf die fliegende Krähe zu, durchschlug ihren rechten Flügel. Federn wirbelten auf. Mit einem erschrockenen Krächzen landete der Rabenvogel auf dem Marmorboden vor dem Altar – benommen und verwirrt, doch nicht ernsthaft verletzt.

Eric griff nach seiner Schulter; er spürte die Schmerzen, die auch die Krähe verspürte.

Für einen Sekundenbruchteil war Grange verschwunden. Doch bevor Eric auch nur eine Chance hatte, Deckung zu suchen, tauchte der hochgewachsene Schwarze vor der Kanzel auf – jetzt mit einer Schrotflinte bewaffnet.

Eric warf sich hin, wich der ersten Schrotladung aus. Der Schuß krachte. Die Schrotkugeln rissen Splitter aus den Kirchenbänken. Eric war nur noch drei, vier Schritte von dem Beichtstuhl entfernt. Doch seine Hoffnung, dort Schutz zu finden, zerschlug sich jäh.

Top Dollar schnellte aus dem Beichtstuhl hervor, aus zwei Pistolen gleichzeitig feuernd. Zusätzlich hatte er sich eines seiner Schwerter umgehängt. Auch Grange feuerte wieder.

Eric warf sich zwischen zwei Sitzbänke. Die Kugeln orgelten über ihn hinweg. Blei hackte ins Holz. Splitter zischten durch die Luft.

* * *

Sergeant Albrecht brachte seinen Wagen vor dem Friedhof zum Stehen. Er war sicher, Eric hier zu finden. Doch er wußte nicht, ob er noch rechtzeitig kam, um sich zu verabschieden.

Als er ausstieg, hörte er die Schüsse.

Er brauchte nicht zweimal hinzuhören, um die Richtung auszumachen. In fliegender Hast warf er sich zurück auf den Fahrersitz. Er würde nur Minuten brauchen bis zu der Kirche. Doch die Angst, zu spät zu kommen, saß ihm im Genick.

* * *

Eric duckte sich unter den sirrenden Kugeln. Wie ein Tier auf der Flucht vor den Jägern kroch er durch die Bankreihen, suchte Schutz hinter dem Holz, doch das Donnern der Schüsse wollte kein Ende nehmen.

Irgendwann, nach einer Ewigkeit, kehrte Stille ein. Eric wußte, daß es ein Trugschluß wäre, sich in Sicherheit zu wähnen. Er wollte hinter eine Säule, wollte den Schutz des Steins anstelle des Holzes, das sie über kurz oder lang in Stücke schießen würden. Er riskierte einen Schritt aus der Deckung.

Top Dollar sprang hinter einer Säule hervor.

Mit einem einzigen Schuß streckte er Eric nieder.

Eric wurde auf die Stufen vor dem Altar geschleudert, blieb auf dem Rücken liegen. Und auf einmal spürte er die Schmerzen in der rechten Brusthälfte – dort, wo ihn die Kugel getroffen hatte. Warmes Blut rann aus seinem Mundwinkel. Grenzenloses Erstaunen befiel ihn.

Top Dollar tauchte vor Eric auf; die Augen des großen, langhaarigen Mannes glitzerten triumphierend. »Du liebe Güte!« rief er. »Für einen Geist blutest du ganz schön!«

Panische Angst befiel Eric. Er hatte dies nicht erwartet, eine Veränderung, die er nicht begreifen konnte.

Die Krähe versuchte, vom Marmorboden hochzukommen.

»Töte sie!« rief Top Dollar seinem Vertrauten zu.

Grange hob die Schrotflinte, entdeckte die Krähe in der Nähe einer Säule. »Die lebt noch!« staunte er. Und er nahm sie ins Visier. Sein Zeigefinger krümmte sich. Die Krähe konnte nicht entkommen.

In diesem Augenblick stürmte Sergeant Albrecht in die Kirche. Er stoppte seinen Ansturm nach zwei Schritten. Seine Automatik flog hoch, im Beidhandanschlag.

Und er war einen Sekundenbruchteil schneller als Grange.

Der Schwarze mit der Titanbrille warf die Arme hoch. Die Schrotflinte fiel polternd zu Boden. Die Kugel Albrechts tötete ihn auf der Stelle.

Top Dollar stieß einen Fluch aus, feuerte mit beiden Pistolen.

Albrecht war gezwungen, in Deckung zu gehen.

Myca nutzte die verworrene Situation. Mit einem Satz kam sie hinter dem Altar hervor, warf sich auf die Krähe. Und diesmal gelang es ihr. Mit beiden Händen packte sie den Rabenvogel, dessen protestierendes Krächzen im Krachen von Top Dollars Schüssen unterging.

Doch Albrecht erwiderte das Feuer aus der Deckung heraus. Und es gelang ihm, Top Dollar zum Rückzug zu zwingen, zum Glockenturm hin. Er riß die Tür auf, tauchte unter dem Kugelhagel weg; die zuschlagende Tür gewährte ihm Schutz.

Albrecht lief auf Eric zu, ging bei ihm in die Knie. »Ich wollte dir gerade meinen letzten Besuch abstatten«, sagte Albrecht, »und da wirst du schon wieder zusammengeschossen.«

»Sie haben Sarah«, sagte Eric mühsam.

»Wie viele sind es?»

»Nur noch zwei. Damit werde ich fertig.«

»Dann haben wir keine Probleme«, sagte Albrecht zuversichtlich. »Komm, packen wir's! Du bleibst vor mir und fängst die Kugeln auf. Und wenn sie keine Munition mehr haben, nehme ich sie fest. Okay?« Er half Eric auf die Beine, und sie machten ein paar Schritte auf den Glockenturm zu.

»Der Plan ist großartig«, ächzte Eric. »Es gibt aber doch ein Problem.« Er zeigte auf seine Wunde.

Albrecht sah es. »Himmel, du blutest ja wie der Teufel!« rief er erschrocken. »Was ist passiert?«

»Ich bin angeschossen worden.«

»Ja, das sehe ich«, knurrte Albrecht. »Ich dachte, du wärst unverwundbar.«

»Ja, das war ich. Aber jetzt bin ich es nicht mehr. Tut mir leid.«

»Macht nichts«, antwortete Albrecht mit zuversichtlichem Grinsen. »Sieht so aus, als ob du jetzt *meine* Hilfe bräuchtest.«

* * *

Hoch oben im Glockenturm, auf hölzernen Stufen und zwischen gotischem Mauerwerk, packte Top Dollar das Mädchen und gab Myca die noch nicht leergeschossene Pistole.

»Tu, was du kannst«, raunte er seiner Halbschwester zu. »Ich werde auf dich warten.«

Sie hielt die Krähe und die Pistole. Ihre Lippen fanden sich zu einem leidenschaftlichen Kuß.

Dann stieg er weiter hinauf.

Myca wartete auf dem L-förmigen Treppenabsatz unterhalb der Glocken. Sie sah die Verfolger kommen, wie sie Stufe um Stufe erklommen, und sie wußte, daß dies die große Chance war, für ihren geliebten Halbbruder das Äußerste zu tun. Sie würde ihn retten. Sie wußte es. Sie hielt die Krähe mit festem Griff, preßte sie an ihren Körper. Und sie hob die Pistole mit der Rechten.

Die Männer dort unten waren sich ihrer Sache zu sicher. Sie stiegen höher und höher und schienen die notwendige Vorsicht zu vergessen. Rechneten sie nicht mit dem Widerstandswillen einer Frau?

* * *

Albrecht hatte sich zu weit vorgewagt.

Die Mündungsblitze zuckten aus der Dunkelheit.

Albrecht stöhnte auf, sank in sich zusammen. Eric packte ihn, zog ihn in eine Mauernische, wo er sicher war. Es war alles, was er für ihn tun konnte.

»Du solltest doch hinter mir bleiben!« zischte er.

Albrechts Blick bat ihn um Verzeihung. »Hol sie dir!« sagte er mit schwacher Stimme. »Und laß dich nicht noch einmal töten!«

Eric nickte nur. Etwas versiegelte seine Kehle, er brachte kein Wort mehr hervor. Er schickte ein Stoßgebet zum Himmel, daß sein Freund es überleben möge.

Dann stieg er weiter hinauf. Mit Todesverachtung.

* * *

Myca beugte sich vor und richtete die Waffe nach unten. Sie spürte, wie die Krähe sich gegen ihren Griff sträubte, und zugleich sah sie den Seelenverwandten ihres gefiederten Gefangenen heraufkommen. Er war jetzt noch unvorsichtiger, er forderte sein Schicksal geradezu heraus.

Sie feuerte, und der Schuß dröhnte. Abermals drückte sie ab und mußte erkennen, daß sie Eric beide Male verfehlt hatte.

»Dies ist alle Macht, die du jemals gehabt hast!« rief sie wütend. »Jetzt ist sie mein. Schade, daß es keine Zeit mehr für uns gibt.«

Mit einem Schrei versuchte sie es erneut, lockerte dabei ungewollt ihren Griff.

Wild flatternd kam die Krähe frei. Und sie war über Myca, bevor diese auch nur verstehen konnte, was geschah.

Der mächtige Schnabel des Vogels hackte mit unbarmherziger Gewalt. Und er traf beide Augäpfel mit den ersten Hieben.

Myca schrie mit sich überschlagender Stimme. Der Schmerz raubte ihr die Sinne, und sie stürzte ins schwarze Nichts. Ihr Schrei gellte durch den Glockenturm, wurde ausgelöscht durch den dumpfen Schlag, mit dem ihr Körper tief unten auf dem Steinboden aufschlug.

* * *

Eric verharrte nur einen Moment lang. Dann, als er Sarahs Schrei hörte, hastete er weiter. Die Schmerzen in seiner Brust waren immer noch da, aber er war imstande, sie zu ignorieren.

Er erreichte die offene Turmluke. Draußen rauschte heftiger Regen. Blitze zuckten vom Himmel. Donner grollte.

Und dann sah er sie.

»Eric!« schrie Sarah in Todesangst.

Top Dollar stand mit ihr am Rande des Daches. Hinter ihm war nur noch der Blitzableiter. Er hielt Sarah fest umklammert, und in seinen Augen glühte tödlicher Haß – verursacht durch die Gewißheit, daß Erics Erscheinen Mycas Tod bedeutete.

Eric trat hinaus. Der First war schmal und glitschig vom Regen. Eric spürte den Wolkenbruch nicht. Er sah nur Sarah, und er wußte, daß er sich opfern würde, um sie zu retten.

»Laß sie los!« rief er. »Du kannst mich haben. Ich werde mich nicht wehren.«

»Einverstanden«, antwortete Top Dollar. Er grinste dämonisch.

Und ließ Sarah los.

Ihr Schrei ging Eric durch und durch. Er war wie gelähmt, als er sah, wie ihre kleinen Hände sich an die Dachrinne klammerten.

Es konnte nur eine Frage von Sekunden sein, wann sie den Halt verlieren und in die Tiefe stürzen würde.

»Eric!« schluchzte sie.

Triumphierend zog Top Dollar das Schwert aus dem Gurt. Die Klinge funkelte im Widerschein der Blitze.

Eric stieß sich ab, schnellte über den schmalen First. Und er spannte die Muskeln im richtigen Moment.

Das Schwert zischte ins Leere, als Eric sprang – über den Kopf seines Gegners hinweg.

Eric landete sicher auf beiden Füßen. Ein Schritt genügte, und er erreichte den Blitzableiter. Mit beiden Händen packte er zu.

Hinter ihm fuhr Top Dollar herum. Er brüllte heiser.

Eric riß den Blitzableiter aus der Verankerung. Die meterlange Stahlstange lag kalt und beruhigend in seinen Händen.

Rechtzeitig, um Top Dollars ersten Angriff zu parieren.

Stahl klirrte auf Stahl, und mit einem Wutschrei wich Top Dollar zurück.

Eric setzte ihm nach. Aus den Augenwinkeln heraus sah er Sarah, ihre angstgeweiteten Augen und die weiß hervortretenden Knöchel ihrer Hände, die ihr nicht mehr lange gehorchen würden. Es irritierte ihn einen Sekundenbruchteil zu lange.

Brüllend schlug Top Dollar Eric den Blitzableiter aus der Hand. Scheppernd rollte die Stahlstange das Dach hinunter

– auf der von Sarah abgewandten Seite. Eric wankte. Es kostete ihn alle Mühe, sein Gleichgewicht zu halten.

Da traf ihn das Schwert quer auf die Brust.

Top Dollar brüllte siegesgewiß.

Eric sank in sich zusammen, ungläubig sah er sein eigenes Blut. Er hielt sich auf dem First, doch er war nicht mehr in der Lage, der herabsausenden Klinge auszuweichen.

Sie durchbohrte seine Brust.

Im nächsten Moment war Top Dollars Teufelsfratze über ihm. »Du hast den Mann gesucht, der dir das Leben nahm? Hier bin ich!« Mit einem Ruck zog er das Schwert heraus, und Eric sank in sich zusammen.

»Es ist alles auf meinen Befehl hin geschehen!« zischte Top Dollar und hob das Schwert, um Eric den Todesstoß zu versetzen. »In dieser Stadt geschieht nichts, ohne daß ich es geschehen *lasse*! Sieht so aus, als ob ich deine Hochzeitspläne versaut habe. Tut mir leid für – wie hieß sie noch – Shelly! Tut mir leid, daß ich ihr nicht die Augen ausstechen konnte. Aber sieh es mal so: Jetzt wirst du noch mal ganz von vorne sterben!«

Er holte aus.

Eric mobilisierte alle Kraft. Sein Oberkörper ruckte hoch, und er blockte den mörderischen Hieb ab, indem er Top Dollars Arm packte. Die andere Hand krallte er in sein Gesicht.

Top Dollar brüllte.

»Dreißig Stunden Schmerz hast du verursacht«, rief Eric. »Und jetzt kriegst du alles zurück – alles auf einmal!«

Er legte alle Kraft in seine Armmuskeln, als er den Brüllenden an sich vorbei riß.

Top Dollar stürzte in die Tiefe.

Sein Todesschrei verstummte nach einem scharfen Geräusch.

Zehn Meter tiefer hatte sein Fall geendet.

Ein Wasserspeier hatte ihn durchbohrt.

Die lanzenartige Spitze ragte aus der Mitte seines Körpers auf.

Eric verlor keine Zeit. Unter Schmerzen kroch er zu Sarah hinunter und packte ihr Handgelenk.

* * *

Er half ihr die Stufen hinunter, und sie fanden Albrecht in der Mauernische, in der Eric ihn zurückgelassen hatte.

Sarah beugte sich über ihn. »Leben Sie noch?« fragte sie besorgt.

»Nicht mehr lange«, antwortete der Sergeant, »wenn mich nicht bald ein wirklich guter Arzt in die Finger kriegt.« Er atmete schwer. »Jetzt brauche ich eine Zigarette.«

Blutend und zerschunden hockte sich Eric vor ihm hin und suchte in seinen Taschen nach Zigaretten und Feuerzeug. Er zündete eine Zigarette für ihn an und schob sie ihm zwischen die Lippen.

»Sind sie tot?« brachte Albrecht mühsam hervor.

Eric nickte. »Du hast mir geholfen.« Er berührte Albrechts Schläfe. »Was du hier verbirgst, hat mir geholfen. Ich danke dir.«

»Keine Ursache«, entgegnete der Sergeant matt. »Ich wollte sowieso in die Kirche gehen.« Er versuchte zu lachen, doch die Schmerzen hinderten ihn daran.

Sirenen waren zu hören, noch weit entfernt.

»Bleibe bei ihm, bis Hilfe kommt«, sagte Eric zu Sarah.

Das Mädchen hielt die Hand des Sergeants und sah besorgt, daß er die Augen schloß. »Er wird doch wieder gesund werden?« Sie drehte sich um, wollte Erics Zustimmung hören.

Doch er war verschwunden.

»Eric?« rief sie.

»Das macht er immer wieder«, sagte Albrecht.

Sarah drückte seine Hand etwas fester.

* * *

Es hatte aufgehört zu regnen.

Mit letzter Kraft erreichte Eric den Friedhof. Er sank über Shellys Grabstein, hielt sich fest. Mit der anderen Hand griff er nach einer Blume auf ihrem Grab.

Da sah er sie.

Sie trug ein durchscheinendes Gewand, und sie kam auf ihn zu. Sie streckte ihm die Hand entgegen, und ihr Lächeln war die Verheißung. Eric nahm ihre Hand. Sie schlossen sich in die Arme, und sie küßten sich. Sein Wunsch war erfüllt, er würde den ewigen Frieden finden.

Wind kam auf. Blätter bewegten sich auf der Erde.

Als der Wind sich legte, waren beide Gräber geschlossen und unberührt.

* * *

Sarah blieb bei Albrecht, als er auf der Trage hinausgebracht wurde. Der Platz vor der Kirche war voller Rotlichter, Streifenwagen und Ambulanzwagen.

»Wenigstens hat es aufgehört zu regnen«, sagte Albrecht, um das Mädchen aufzumuntern.

»Es kann ja nicht dauernd regnen«, erwiderte sie.

Als sie ihn in den Rettungswagen schoben, tauchte Torres auf. Er zeigte auf die Kirche. »Haben Sie dieses Massaker verursacht?« fragte er bissig.

»Ihr Vigilant ist oben auf dem Dach«, erwiderte Albrecht. »Sie haben's verpaßt. Beißen Sie sich die Zähne dran aus, Arschloch.«

Torres zuckte zusammen, sagte aber nichts. Er gab den

Helfern das Okay-Zeichen, Albrecht abzutransportieren. Dann eilte er in die Kirche, um die Spurensicherung zu überwachen.

Sarah ging noch einmal auf den Friedhof. Sie bückte sich und hob die Blume auf, die neben Shellys Grabstein lag. Als Sarah den Kopf hob, erblickte sie die Krähe im Baum. Der kluge Vogel hatte Shellys Ring im Schnabel. Sarah lief unter den Baum und fing den Ring auf, als die Krähe ihn fallen ließ.

Sie schaute ihr nach, als sie davonflog und flüsterte: »Danke.«